ars vivendi
Krimi

Nicola Förg hat 15 Kriminalromane verfasst, an zahlreichen Anthologien mitgewirkt und ist die Erfinderin des Allgäukrimis – mit *Schussfahrt*. Die gebürtige Oberallgäuerin, die in München Germanistik und Geografie studierte, lebt mit Familie sowie Ponys und diversen Kaninchen und Katzen auf einem Anwesen in Prem. Tiere sind ihr Steckenpferd, ein Buch erhielt den Bayerischen Tierschutzpreis. Und »hinter der Geranienpracht gibt's weiterhin viele dunkle Gründe zu morden (zumindest literarisch)«.

Nicola Förg

Der alte Grieche

und andere Kriminalgeschichten

ars vivendi

Textnachweis

»Das Postgeheimnis« ist zuerst erschienen in: Tessa Korber (Hrsg.): *Fiese Morde in der Provinz*, ars vivendi verlag, Cadolzburg, S. 26ff.

»Die drei Musketiere« ist zuerst erschienen in: Tessa Korber (Hrsg.): *Auf leisen Pfoten kommt der Tod*, ars vivendi verlag, Cadolzburg, S. 32ff.

Originalausgabe

Erste Auflage Oktober 2014

www.arsvivendi.com

Lektorat: Dr. Hanna Stegbauer
und Gisela Fehrer
Umschlaggestaltung: ars vivendi verlag unter Verwendung
eines Fotos von © plainpicture/Danel
Druck: Appel & Klinger Druck und Medien GmbH,
Schneckenlohe

Printed in Germany

ISBN 978-3-86913-473-4

Der alte Grieche

Inhalt

Vorwort

Puh, nach 15 Kriminalromanen und unzähligen Kurzgeschichten habe ich wirklich viel gemordet. Geschossen, gewürgt, Gift gemischt … Dabei bin ich eher Pazifistin und finde körperliche Gewalt so unnötig wie einen Kropf. Als ich 2002 den ersten Allgäu-Krimi geschrieben hatte, war das damals wirklich exotisch, südlich situierte Verlage befanden: »Frau Förg, schreiben S' doch Heimatgstanzl. Mir morden hier doch nicht, das schadt doch dem Tourismus. Mir hamm die Kühe mit den puschligen Öhrchen und die grünen Wiesen, ja schreiben S' halt Gedichterl …« Hmm, ja … was daraus entstand, ist eine Woge an Regional- und Heimatkrimis, die bis heute an die Ufer der Buchhandlungen heranbrandet. Dass ich den Begriff »Regionalkrimi« nicht mag, ist ja hinlänglich bekannt, weil ein Buch immer irgendwo spielen muss. Ohne die neblige Düsternis und die flache, oft bedrückende Landschaft von Ystad wäre der Wallander ein ganz anderer. Die Gegend, die Sprache, ja das Wetter prägt die Menschen. Um in den Alpen einen weiten Horizont zu haben, muss man ganz ans Ende der Täler und dann hoch hinauf. Dann aber weiten sich Blick und Herzen …

Hinlänglich bekannt ist auch, dass ich als Alpenbewohnerin dümmliche Kommissare und Slapstick-Humor nicht schätze, weil mir diese immer gleichen Klischees irgendwo rauskommen … Noch weniger bin ich die Frau für abgezogene Haut, abgetrennte Gliedmaßen, für psychopathische Serienmörder. Das mag ich gar nicht denken, ich schlaf dann schlecht, ich glaub ,da bin ich zu dünnhäutig. Und irgendwie mag ich gar nicht mehr so gerne morden. Was ich aber mag, ist genau hinzusehen, genau hinzuhorchen und zu schmunzeln. Man darf die Menschen nicht auslachen, das steht keinem zu. Das dürfte maximal der Himmelpapa, und dem ist das Lachen angesichts seiner Kreatur Mensch sicher längst vergangen.

Aber man darf schmunzeln, einen augenzwinkernden Blick werfen – auf das Leben, das ja seinerseits kompliziert genug ist. Weil die Kunst des leisen Lachens mir lieber ist als ein Bierzelt-Schenkelklopfer. Was tut man auch, wenn man Friedensreich heißt? Man kann ja nur Bestatter werden! Was macht man als Katertrio, wenn immer neue Lover die Aufmerksamkeit des Frauchens abziehen? Was macht eine Oma mit chronischen Schmerzen, wenn der Enkel immer so geheime Pakete mit bunten Pillen bekommt? Wie wehrt man sich in der schönen Schweiz gegen eine Hauswächterin, die einem jeden Zugang zur Waschmaschine im Gemeinschaftskeller versagt? Und wie geht man gegen einen vor, der Benachteiligte verspottet, wenn man doch angeblich eine Hexe ist? Drum sterben in diesem Band die Protagonisten auch gerne mal durch einen dummen Zufall, durch Unachtsamkeit oder durch tierische Mächte. Und wenn es die ereilt, die es irgendwie verdient haben – ist das der bescheidene Triumph der Autorin, dem Schicksal ein klein wenig ins Handwerk zu pfuschen …

Viel Spaß wünscht
Nicola Förg

Der alte Grieche

In Heraklion stand die ganze Familie. Und das waren viele Menschen, sehr viele, allesamt schwarz gewandet. Die Männer fast durchwegs mit gezwirbelten Bärten, die alten Frauen mit Kopftüchern, zwei junge, sehr schöne Griechinnen mit markantem Profil und Lockenpracht. Ein paar kleine Kinder dabei, die gerügt wurden, weil sie angefangen hatten, sich gegenseitig mit einem Gepäckwagen herumzuschieben.

Und dann kam er endlich, der Sarg. Vier Männer der Familie trugen ihn, es war totenstill am Flughafen, bis eine gänzlich pietätlose Blechstimme einige verspätete Fluggäste zum letzten Mal nach Düsseldorf rief.

Der Trauerzug verließ den Airport, ein schwarzer Wagen wartete schon. Dass der Patriarch in Bayern verstorben war, war schlimm genug, aber er würde doch in kretischer Erde bestattet werden. Natürlich hatte der unnötige deutsche Tod alles etwas verzögert, aber nun würden die Dinge ihren rituellen Gang gehen. Vassilios, Besitzer von zehn griechischen Restaurants, war heimgekehrt. Mit ihm jene Familienmitglieder, die in Deutschland lebten. Der australische Zweig der Familie war auf dem Weg. Man würde Vassilios aus dem deutschen Sarg befreien, das kretische Modell aus Olivenholz stand bereit. Der Körper des Verstorbenen würde neu angezogen und im offenen Sarg im Hause aufgestellt werden. Der Sargdeckel würde vor der Haustür platziert sein; hier würden auch die Trauerkränze abgelegt werden. Kondolierende, die ins Haus kamen, würden Blumen mitbringen, die in den offenen Sarg gelegt würden. Sie würden den Kopf des Verstorbenen küssen und den Angehörigen ihr Beileid aussprechen. Die Frauen würden weinen und wehklagen. Lange würden sie wehklagen. Die Männer würden ins Kafeníon gehen und Raki trinken. Die Mahnwache würde schön werden. Vassilios war ein hoch geachteter Mann und steinreich gewesen.

Ihn nun umzubetten, war Sache seiner Brüder Antonios und Nikos, und sie mussten erst einmal den Zinksarg öffnen, die EU sah nun einmal ganz spezielle Regelungen zum Lufttransport eines Leichnams vor. Die EU und diese teutsche Angela zwangen einen in Griechenland generell zum Sparen und damit zu einem unwürdigen Leben. Und nun lag Vassilios wegen einer EU-Vorschrift zu allem Unglück in einem unwürdigen Zinksarg. Natürlich umgeben von einer neutralen Kiste. Da Vassilios im Frachtraum hatte reisen müssen, war es auch keinem Angehörigen erlaubt gewesen, ihn auf diesem Weg zu begleiten. Umso wichtiger war das nun folgende Ritual. Vassilios blickte aus dem Glasfensterchen, die Männer öffneten die Naht des Zinksarges. Antonios fiel es als Erstem auf. Es flogen ein paar Worte zwischen den Brüdern hin und her. Ein heftiges »Skatofatsa« zerschnitt alle Pietät. Dann griff Nikos bebend vor Wut zum Telefon.

***

Bertram Friedensreich schrieb feine Zahlen. Er war ein Mann, der noch mit einem Füller schreiben konnte, ja, nur mit einem Füller schrieb. Kugelschreiber waren auch wirklich unästhetisch und lagen schlecht in der Hand. »Mutter Maria Marmor« bekam eine fein ziselierte Vier, »Mutter Maria Bronze« eine Fünf. »Classic Holz« und »Classic Keramik« bekamen je eine Zehn. Die gingen immer. Bei »Buddha Bronze« zögerte er. Na gut, eine Eins. Bei der biologisch abbaubaren Urne schüttelte es ihn innerlich, aber gut: Die Leute wurden immer komischer, der Markt änderte sich, und die Ökos wollten eben bis in den Tod hinein ökologisch bleiben.

Natürlich war Bertram Friedensreich durch seinen Namen prädestiniert gewesen, ein Bestattungsunternehmen zu eröffnen, aber er hätte das auch als Harry Holzer oder Sepp Sensenschmied getan. Das war sein Traumberuf gewesen, gestorben wurde zudem immer und immer mehr – bei der Bevölkerungspyramide, die es in diesem Land nun mal gab. Im Gegensatz zu den großen Pietäts-Unternehmen, die wie Lebensmittel- oder Modeketten agierten, hatte sich *Das Friedensreich* durch Mundpropaganda einen Namen gemacht. *Das Friedensreich* war ein Synonym für Einfühlungsvermögen. Früher waren die lieben Verblichenen ja meist im Sarg der Erde überantwortet worden, heute nahmen die Feuerbestattungen zu. Urnen gab es vom 150-Euro-Modell »Eternity Glasfaser mit Röschen« bis zu mehreren Tausend Euro, wenn es sich um Designurnen in Edelmaterialien handelte. Erst heute hatte er eine Titanurne mit Diamanten von einem namhaften Urnendesigner für 5.999 Euro verkauft.

Eine Kerze flackerte auf dem Piano, das im Verkaufsraum stand. Bertram Friedensreich saß an seinem Mahagonischreibtisch und schrieb Bestellungen. Das tat er immer nach Dienstschluss. Der Strom der Passanten draußen auf der einzigen echten Einkaufsstraße der Kleinstadt war abgeebbt, *Das Friedensreich* war für den Moment sein stilles Reich. Bertram war glücklich und sah auf die Uhr. Es war 21 Uhr, er war sich sicher, dass das Telefon bald schellen würde. Sein Handy intonierte dann »Ave Maria«, es war das Notfallhandy für den 24-Stunden-Dienst. Spät abends und am frühen Morgen wurde gerne gestorben. Viele Menschen kamen mit dem Tod so schlecht zurecht, sie riefen zuerst ihn an, bevor sie an das Wesentliche dachten, an einen Arzt oder Notarzt. Bertram war ein feiner Ersthelfer mit seiner pastoralen Stimme. Er bezweifelte nicht, dass heute noch etwas geschehen würde. Es war November, da wurde erst recht gerne gestorben, und das war gut so. Er lächelte, als ein gewaltiges Geräusch die Luft zerschnitt. Die Scheibe seiner Tür barst, etwas flog dicht an seinem Kopf vorbei. Die Kerze erlosch.

Max Hobmayr schüttelte den Kopf. In ein Bestattungsunternehmen einzubrechen, lag ja an sich schon jenseits allen Vorstellungsvermögens, aber einen Bestatter namens Friedensreich so friedlos zusammenzuschlagen, dass der Mann nun im Krankenhaus im künstlichen Koma lag, war grauenhaft. Hobmayrs Team war stets gründlich, und eigentlich lag hier alles klar auf der Hand. Gegen 21 Uhr hatte Frau Edeltraud Haller einen ziemlichen Lärm gehört, sie wohnte über dem Ladengeschäft. Sie hatte dann den Kopf aus dem Fenster gehalten und zuerst das feuchte Nebelnieseln im Gesicht gespürt. Von unten waren laute Stimmen heraufgedrungen, sie hörte Schreie und war sich sicher, die stammten vom Besitzer des *Friedensreichs*. Frau Haller tat etwas Schlaues: Sie rief die Polizei. Die zehn Minuten später vor Ort war, zwei flüchtende Männer aber nicht mehr aufhalten konnte. Einem der Beamten hatte einer der Männer noch einen Baseballschläger über den Kopf gezogen, weil der Beamte aber recht flink war, hatte er quasi nur einen Streifschlag abbekommen. Deutlich schlimmer erwischt hatte es dagegen den bedauernswerten Bestattungsunternehmer. Die subdurale Blutung war so schwer, dass er sofort hatte operiert werden müssen. Er war nun stabil, lag aber im Koma. Im Krankenhaus war man der Meinung, er würde durchkommen, ob er dann aber wieder der Alte sein oder mit dem IQ einer Seegurke erwachen würde, das konnte keiner sagen. Sie hatten ihm gleich noch diverse Schnittwunden versorgt; einer hatte wohl den Baseballschläger geschwungen, der andere ein Rasiermesser. Max Hobmayr war angesichts dieser Brutalität doch überrascht – und alarmiert. In der Kleinstadt gab es natürlich Kleinkriminelle, es gab Dope vertickende Kids auf dem Pausenhof des Gymnasiums, es gab mal Einbrüche, aber das hier hatte eine eigene Dimension.

Die beiden Schläger hatten den Safe – der natürlich auch mehr eine Lächerlichkeit war denn ein Safe – aufgebrochen. Erwartungsgemäß war da jetzt nichts mehr drin. Zudem waren Schubladen aus dem Schreibtisch herausgerissen worden, die Türen des Büroschranks geöffnet, Akten lagen am Boden. Ein heilloses Chaos war das, und ein fast toter Bestatter war zu beklagen – für einen Raub einfach ungeheuer brutal. Denn das war doch wohl ein Raub gewesen? So fragte Max Hobmayr seine Leute und sich.

Es war fast Mitternacht, als sie aufbrachen. Eine völlig aufgelöste Edeltraut Haller hatte inzwischen ihre Tochter zur Aufsicht und zum Trost bekommen. Und im Gegensatz zur zarten Frau Mama, die wohl in den Siebzigern war, erfüllte das Töchterchen den Raum mit Allmacht und einem leichten Geruch nach nassem Hund. Sie betrieb einen Hundefriseursalon, und Max Hobmayr war klar, dass diese Dame auch Rottweiler, Doggen oder Bernhardiner niederrang. Da wusste er das Mütterchen doch in guten Händen.

Die Damen Haller konnten auch berichten, dass Bertram Friedensreich alleinstehend war, dass er keine Eltern mehr hatte und, soweit sie wussten, auch keine Geschwister. Er besaß ein kleines Häuschen im Viertel mit den Bergnamen, ob das jetzt allerdings die Zugspitze, der Mittagskogel oder

der Watzmann war, das wussten die Damen nicht. Der Mann hatte einfach nur für seine Arbeit gelebt. Beim Ableben des Ehemanns und Vaters Haller hatte man ja auch auf Friedensreich gebaut, und das war alles so feierlich gewesen. Edeltraut schluchzte und schluchzte, und Hobmayr fühlte, dass die Trauer weniger dem verstorbenen Herrn Haller denn dem Nachbarn galt. Der hatte überdies, so erfuhr Hobmayr, eine Mitarbeiterin, die immer um acht kam. Eine gewisse Frau Anneliese hier aus dem Städtchen. Nein, den Nachnamen wussten die Damen nicht. Es war nach Mitternacht, Hobmayr würde die Frau Anneliese morgen abfangen, bevor sie feststellte, dass sie keinen Schlüssel brauchte, um den Laden zu betreten, und dass sie ihren Chef im Krankenhaus besuchen musste. Der hoffentlich als der pietätvolle Bertram Friedensreich erwachen würde und nicht als Seegurke …

Zwei Beamte hatten die Nacht vor dem Haus verbracht, wegen der Vandalismusgefahr. Bei einem Verbrechen dieser urbanen, ja metropolen Güte wollte Hobmayr kein Risiko eingehen. Die Fahndung nach den Tätern lief auf Hochtouren, die KTU wertete die Spuren aus. Um fünf vor acht fuhr ein kleiner blauer Wagen vor, und eine Frau um die vierzig stieg aus. Nicht dass Hobmayr eine ganz klare Vorstellung von einer Bestatterin gehabt hatte, aber die sah einfach anders aus. Wahrscheinlich hatte er ein Kaliber wie Frau Haller junior erwartet oder ein Muttchen mit kräuseliger Dauerwelle. Anneliese, die überdies den schönen Namen Rübesamen trug, war hingegen eine schlanke, gepflegte Erscheinung in einem grünen Kostüm, das teuer aussah. Sie hätte in eine Bank gepasst. Anneliese Rübesamen war in der Tat Steuerberaterin in einer großen Kanzlei gewesen, hatte aber wegen der Kinder die Arbeit zurückgeschraubt und kümmerte sich seit Langem ums Buchhalterische im *Friedensreich*, weil der Bertram ihr viel zu weich vorkam, zu nachgiebig, zu soft. Der gab Rabatte, da hätte sich die ganze Zeremonie nicht gerechnet. Da hätte das Unternehmen ja draufgezahlt, sagte sie, und dass es wichtig wäre, dass im *Friedensreich* eine eben nicht ganz so idealistisch sei und das Finanzielle im Blick behielte. Anneliese Rübesamen war auf einen Stuhl gesunken. Sie war erschüttert, sie war aber auch der Typ Frau, der nicht die ganze Welt an seinem Innersten teilhaben lassen wollte. Sie war erschüttert und gab sich gleichzeitig Mühe, jede Hysterie zu unterdrücken.

»Aber wer tut denn so was?«

»Wir nehmen an, zwei Einbrecher. Hatte Ihr Chef denn so viel Geld im Safe?«

Sie sah gequält aus. »Viel ist relativ. Er hatte gestern zwei Urnen verkauft, beide waren bar bezahlt worden. Da gibt es 3% Skonto. Die Menschen sind ja so … ach! Die eine hat etwas um die 6.000 Euro gekostet, die andere rund 2.000. Es dürften noch ein paar Hundert Euro zusätzlich drin gewesen sein, eigentlich hätte ich das Geld heute auf die Bank bringen wollen.« Sie schluckte schwer. »Darf ich?«, fragte sie mit Blick auf den Schreibtisch.

Max Hobmayr nickte. Die Frau dachte mit. Wahrscheinlich sah sie Krimiserien und wusste, dass man einen Tatort nicht mit Haaren, Fingerabdrücken und Körperflüssigkeiten zu verunreinigen hatte. Aber die KTU war durch.

Frau Rübesamen durchblätterte ein Buch und nickte dann. »Ja, es waren rund 8.700 Euro im Safe. Gott! Wegen so einer Summe einen Menschen …«

Ja, vieles im Leben war relativ. Für 8.700 Euro musste eine alte Frau lange stricken, und 8.700 Euro waren für manchen eben doch viel Geld. Und wieder setzte sich ein Gedanke in seinem Gehirn fest. Aber warum diese Brutalität? Ein Mann wie Friedensreich hätte doch sicher auf eine Bedrohung damit reagiert, den Safe zu öffnen und das Geld herauszugeben. Er war doch kein Kämpfer gewesen, der sich zwei finsteren Gestalten, die Baseballschläger und Rasiermesser schwangen, entgegenwarf. Eine Annahme, die auch die Mitarbeiterin bestätigte, zumal dem Mann das Geld ja sowieso zweitrangig gewesen sei. Ihm sei es doch nur um das Gute gegangen.

Max Hobmayr war einige Schritte im Laden umhergelaufen, er versuchte, das wüste Gedankenchaos in seinem Kopf zu ordnen. Fast fuhr er herum und sah Frau Rübesamen an. »Wer hat denn gewusst, dass das Geld im Safe ist?«

»Bertram und ich.«

»Ja, sicher. Aber wer noch? Wer hat denn die teure Urne gekauft?«, fragte Hobmayr.

Sie stutzte. »Sie meinen also …?

»Würden Sie einfach meine Frage beantworten?«

»Sicher. Moment.« Sie blätterte wieder in den Unterlagen. »Familie Papadakis. Die Großmutter, Efangelia, ist gestorben, und sie liebte Titanschmuck. Deshalb die Urne aus Titan. Hat zumindest die Enkelin gesagt.«

»Wo wohnt die Familie denn?«

»Aber Sie glauben doch nicht, dass so feine Leute so einen lächerlichen Diebstahl begehen!«

»Nun, so lächerlich ist der ja nicht. Ihr Chef wurde halb totgeschlagen.«

»Nein, so meine ich das nicht. Wegen so einer lächerlichen Summe. Der Mann ist Dr. Theofanis Papadakis.«

»Ja und?«

»Das ist ein berühmter Herzchirurg. Der Mann ist mehr als begütert. Wohnt auf dem literarischen Hügel. Diese Glasvilla. Die kennen Sie doch sicher.«

Doch, die kannte er. Die kannte eigentlich jeder in der Stadt. Der literarische Hügel war der mit den Dichterstraßen, wo sich Goethe und Schiller mit den Herren Hölderlin und Klopstock ein Stelldichein gaben. Dort oben waren die Bodenpreise explodiert, mit jedem Meter, den man gewann, wurde es teurer. Und ganz oben, am Olymp sozusagen, thronte eben jene Villa, eine geschmackliche Scheußlichkeit, wie Hobmayr fand. Nur Säulen und Glas mit der Attitüde: Seht her, wir haben es geschafft. Hobmayr hätte sich bedankt, so exponiert bei jeder Lebensäußerung von allen beobachtet zu werden. Gut, dadurch, dass Familie Papadakis auf dem Olymp saß, konnte keiner reinsehen. Außerdem gab es natürlich lamellenartige Gebilde, die sicher vollautomatisch auf Licht und Temperatur und Luftfeuchtigkeit und wer weiß was sonst noch alles reagierten. Trotzdem: Er hätte nicht in so einem Gewächshaus wohnen wollen. Wer im Glashaus saß, der ging eben zum Abort in den Keller. Oder so.

Dass es dem Mann da oben nicht auf ein paar Tausend Euro ankam, das klang einleuchtend, aber solche Menschen hatten doch Personal. Und gerade solche Menschen entlohnten dieses meist gar nicht gut, weil man ja von den Reichen bekanntlich das Sparen lernen konnte. Was aber schwerer wog: Von den Griechen erwartete Hobmayr eine sehr elastische Einstellung zum Geld. Da wurden Hunderttausende von Schafen subventioniert, die angeblich den Bauern einer Insel gehörten. Weil eben ein klitzekleiner Rechenfehler vorlag: Nicht jeder Bauer der Insel hatte 20.000 der wolligen blökenden Tiere, sondern alle zusammen hatten 20.000.

Dass die bei der Anzahl von der Insel geplumpst wären, das war nie aufgefallen. Also nicht, dass das etwas mit seinem Fall zu tun hätte, aber die Griechen waren eben ein spezielles Völkchen, und die Auslandsgriechen hatten ihr Geld in England und ihre Schäfchen ja wohl im Trockenen. Also ging es doch irgendwie um Schafe …

Frau Rübesamen hatte die ganze Zeit den Kommissar höflich und aufmerksam beäugt. Sie hatte einfach gewartet; wahrscheinlich war sie darin geübt, wenn Leute über die Modalitäten einer Bestattung nachdachten. Darüber, welchen Sarg oder welche Urne man nahm. Das entschied man nicht hau ruck. Da ging es ja um die letzte Ehrerbietung.

Hobmayr ließ sich die Liste aller Kunden des letzten halben Jahres geben – Gott, es wurde aber wirklich viel gestorben! Er bat Frau Rübesamen, darüber nachzudenken, ob der komatöse Chef nicht doch Feinde gehabt hatte. Dieses Ansinnen bedachte sie mit einem Blick, der deutlich war. Er musste geistig umnachtet sein. Bertram hatte keine Feinde gehabt. Bertram war ein Engel gewesen. Inzwischen war der Glaser aufgetaucht, der die Eingangstüre zu reparieren gedachte, Frau Rübesamen hatte einige Anrufe abgewehrt mit »Vorübergehend geschlossen wegen einer Familienangelegenheit«, und Max Hobmayr zog von dannen. Er hatte wenig, er hatte nur die Familie im Glaspalast, und so abwegig eine Beteiligung auf den ersten Blick auch sein mochte, das Leben zog oft seltsame Bahnen und Kreise.

Die KTU hatte die Spuren ausgewertet, und der Kollege Stangl wartete mit einer elektrisierenden Nachricht auf. Sie hatten Fingerabdrücke und DNA gefunden, und einer der Männer war ein alter Bekannter. Max Hobmayr hatte sich über den PC gebeugt. Ein südländischer Typ, 28 Jahre alt, mehrfach verurteilt wegen kleinerer Drogendelikte und Einbrüche. Seit er 13 gewesen war, füllte der Mann die Akten. Man konnte bei seinem Leben doch von Kontinuität sprechen und von einem Aufwärtstrend! War er anfangs noch mit Bewährung und Sozialstunden weggekommen, hatte ihm der letzte Bruch zwei Jahre Haft eingebracht. Die Pächterin einer Tankstelle war damals ungut verletzt worden. Er war seit vier Monaten wieder draußen. Das passte doch wie die Faust … Der Name des Mannes war Aggelos Papadakis.

»Da legst di nieder!«, entfuhr es Hobmayr. Das konnte doch kein Zufall sein, oder gab es so viele Papadakisse in der Kleinstadt? Gab es nicht, es war leicht zu recherchieren, dass der gar nicht so engelsgleiche Aggelos der Sohn des berühmten Chirurgen war. Völlig entgleist, das Kind. Es gab Gutachten aus seiner Jugendzeit, er hatte sich halt auflehnen wollen gegen das spießige, auf Materialismus ausgerichtete Elternhaus. Na merci, dachte Hobmayr: Materialismus lehnte der ab, aber Geld beschaffte er sich. Auch auf eher ungute Weise. Ihm persönlich wäre es lieber gewesen, der hätte Papis Kohle genommen und das Cabrio zum Achtzehnten. Der wäre Popper geworden oder so. Aber Popper gab es heute ja keine mehr, und es gab im Gegenzug auch kaum noch Punks. Diese Jugend wurde ihm immer undurchschaubarer. Voll psycho, wie sein Sohn zu sagen pflegte. Psycho war schlecht, porno war ein Lob. Aggelos war also psycho. Die Frage war: Wusste die Familie von seinem Tun? Hatte die überhaupt noch Kontakt zum Sohn?

Die Wohnadresse von Aggelos war jedenfalls nicht am literarischen Hügel, sondern im miesesten Viertel der Stadt, dort, wo weder Herr Schiller noch die gutbürgerlichen Berge als Namensgeber dienten. Er wohnte am Dornierring in einer WG, wo zwei völlig besoffene Weibsen vor der Glotze hingen und Shopping-TV konsumierten. Während ein lila Nachthemd mit Strasssteinchen von einer schlecht synchronisierten Frau angepriesen wurde – immer wenn sie den Mund geschlossen hatte, ergoss sich ein Redeschwall –, war den beiden Grazien auf dem Sofa zu entlocken, dass sie den Aggi, den blöden Wichser, seit Wochen nicht mehr gesehen hätten. Dass er Geld für die Miete schulden würde. Kostete das Loch hier echt Miete?

Die Fahndung lief natürlich. Max Hobmayr und die junge Kollegin Nadja machten sich auf zum Glaspalast. Immer höher schraubte sich die Straße, bis sie vor einem Stahltor von der Höhe und dem Charme eines Fabriktores endete. Es gab eine Klingel, aus der Gegensprechanlage ertönte eine weibliche Stimme, und Max Hobmayr legte Gewicht in die seine und in das Wort »Kriminalpolizei.« Eine ganze Weile passierte nichts, dann glitt das Tor zur Seite und gab den Blick auf eine schier endlose Zufahrt frei, die man hier oben auf der Spitze des Hügels in dieser Länge nicht erwartet hätte. Tja, von den Niederungen sah eben perspektivisch alles anders aus. Sie parkten direkt vor der Eingangstüre, die – natürlich – aus Glas war. Eine Frau war herausgetreten, eine Frau Marke Oma mit Knötchen und einer schwarzen Schürze über schwarzem Kostüm. Natürlich, es hatte ja einen Todesfall gegeben. Die Frau stellte sich als Veronika Zuber vor, Haushälterin, und wurde unterbrochen von einer energischen hellen Stimme.

»Ach was, Haushälterin. Vroni ist unsere Perle, unser Engel! Ohne sie würden wir verhungern oder im Dreck ersticken.«

Die junge Frau, die etwa 25 war, sah nicht so aus, als würde sie im Dreck ersticken, und verhungert sah sie auch nicht aus.

Sie war eher üppig. In ihren jungen Jahren wirkte das noch anziehend, aber sie lief sicher Gefahr, mit 40 eine dicke Mutti zu werden. Hobmayr äußerte den Wunsch, sich kurz zu unterhalten, und die junge Frau bat die beiden Polizisten, ihr zu folgen. Hobmayr zwang sich, nicht allzu sehr auf ihr wogendes Hinterteil, das in den superengen schwarzen Rock wohl eingenäht worden war, zu starren, aber das ließ sich ja schwer vermeiden. Sie hatten sich kaum gesetzt, als auch schon Tee, Gebäck und Wasser angeliefert wurden. Hobmayr saß nur auf der Kante des schneeweißen Ledersessels und blinzelte in die gleißende Sonne, die durch das Glas einfiel. Überall Glas. Die junge Frau, die sich als Alexandra vorgestellt hatte, ergriff eine Fernbedienung, und Jalousien surrten herab. Nun hatte Hobmayr Alexandra ohne die Aura des Gegenlichts im Blick, sie war zweifellos schön. Und jung! Und wohl auch klug, denn sie steckte gerade im Staatsexamen für Medizin, in die Fußstapfen des Herrn Papa in der Neurochirurgie gedachte sie zu treten. Hobmayr kondolierte zum Tod der Oma.

»Danke, aber mit 97 ist die Hebamme ja nicht mehr schuld«, sagte sie leichthin. »Aber deshalb sind Sie nicht da?«

»Nein, sind wir nicht. Sondern wegen des Überfalls auf ein Bestattungsunternehmen, wo wir die Spuren Ihres Bruders sichern konnten. Der Bestatter hatte Geld im Safe, das unter anderem von der Urne stammte, die Ihre Familie gekauft hatte.«

Sie musterte ihn. »Und der Bestatter?«

»Im Krankenhaus.«

»Du meine Güte! Und wer kümmert sich jetzt um die Zeremonie für die Oma?«

Das nannte er mal Pragmatismus. Hobmayr war kurz aus dem Konzept. »Nun, die Mitarbeiterin, ich weiß nicht, also …«

Mit der Stimme einer Siegerin rief sie nach Vroni. »Vroni, der Bestatter ist außer Gefecht. Bitte kümmere dich drum, dass wir dennoch im Zeitplan liegen. Es kommt ja die ganze Verwandtschaft aus den USA. Das passt mir jetzt alles gar nicht!«

Hobmayr war platt, die junge Kollegin sowieso. »Liebe Alexandra, ich verstehe ja Ihr Interesse an einem reibungslosen Fortgang Ihrer, äh, Angelegenheit. Aber uns interessiert das Schicksal des Bestatters.« Nun klang er etwas schärfer.

Sie betrachtete ihn kühl. Ja, so schaute einen eine Frau an, die Schädel öffnete und in Gehirnen herumfuhrwerkte. »Lieber« – sie betonte das Wort mit Nachdruck – »Herr Hobmayr, Sie glauben also, wir haben Aggi über den Kauf der Urne informiert, und er ist losgezogen, um den Mann zu überfallen?« Ja, sie folgerte schnell und messerscharf wie ihre Skalpelle.

»Das wäre zumindest denkbar«, sagte Hobmayr.

»Dazu muss ich Ihnen leider sagen, dass die Familie keinen Kontakt mehr zu Aggi hat, seit er 20 ist. Wir haben alles versucht, aber Aggi hat sich entschlossen, seinen eigenen Weg einzuschlagen. Mein Vater und meine Mutter haben lange sehr gelitten, nun existiert Aggi nicht mehr. Für keinen von uns.«

Einen eigenen Weg einzuschlagen, war eine schöne Formulierung. »Könnte er von sonst jemand erfahren haben, dass Sie eine teure Urne im *Friedensreich* erstanden haben?«

»Natürlich nicht.«

»Und Ihre Mutter?«

»Meine Mutter ist aktuell und auch sonst auf irgendeinem Charity-Event. Ob es heute um rumänische Straßenköter geht oder Kinder im Sudan, vermag ich allerdings nicht zu sagen.«

Man musste fasziniert sein. Sie sprach solche Sätze bar jedes Sarkasmus aus. Nur eben kühl wie Eis.

»Und mein Vater ist auf einem Ärztekongress in den USA. Er weiß zwar vom Tod seiner Mutter, ist aber zu weit weg, um sich um Details einer Einäscherung zu kümmern. Mein anderer Bruder lebt auch dort in L.A. – alle werden in drei Tagen hier erwartet. Mein Bruder pflegt auch keinen Kontakt zu Aggi. Keiner tut das. Aggi war als Kind der, der Tiere gequält hat. Der bei allen renommierten Therapeuten vorstellig wurde. Ohne Erfolg. Für uns ist er tot.«

Ja, wenn Therapien oder Operationen nicht anschlugen, war man tot. So war das in der Welt von Familie Papadakis.

Das Gespräch war beendet, das deutete auch ihr Aufstehen an. Vroni war hereingekommen und geleitete sie hinaus. Die Eingangstüre öffnete sich gerade, als Hobmayr sagte: »Und Sie, Frau Zuber, Sie haben auch keinen Kontakt mehr zu Aggi?«

Sie strauchelte ganz kurz, ihre Schuhe waren für eine Hausperle auch zu hoch. »Natürlich nicht. Aber der Aggi war ein guter Junge. Wirklich. Er hat den Druck seines Vaters nicht ausgehalten. Da wird man schnell zum schwarzen Schaf der Familie. Und da kommt man nicht mehr raus.«

»Sie mochten ihn?«

»Er war ein Kind. Ein lieber Bub.«

»Der Tiere gequält hat?«

»Ach, er hat mal Blechdosen an den Schwanz des Hundes gebunden. Und die Perserkatze rasiert. Ein Junge eben.«

»Sie haben also keinen Kontakt mehr?«

»Natürlich nicht.«

Sie log. Er war sich sicher, dass sie Kontakt zum schwarzen Schäfchen hatte. Die Schafe ließen ihn nicht los. Die Kollegin war immer noch stumm wie ein Fisch, und bevor er nach ihrer Einschätzung fragen konnte, klingelte sein

Handy. Bertram Friedensreich war bei Bewusstsein. Und wie es aussah, konnte er normal sprechen. Und denken. Keine Seegurke. Und das, obwohl ihn nicht der große Papadakis operiert hatte. Hobmayr machte sich auf den Weg.

Rund um Bertram Friedensreich blinkten Lämpchen und es liefen Zahlenkolonnen. Es roch nach Krankenhaus. Hobmayr hasste Krankenhäuser. Der Kopf des Bestatters war umwickelt, er sah dramatisch aus, und seine kleinen Äuglein zwinkerten mühsam unter dem Verband hervor. Er sprach leise, aber klar, und seine Geschichte war schnell erzählt. Er war über seinen Bestellungen gesessen, als zwei Männer seine Türe eingeschlagen hatten. Der eine hatte ihm sofort ein Rasiermesser an die Kehle gehalten und gerufen: »Wo ist das Zeug? Wir wissen, dass du es hast!«

»Zeug?«, fragte Hobmayr. »Nicht Geld?«

»Nein. Die beiden waren wie entfesselt. Ich habe ihnen angeboten, sie könnten das Geld im Safe gerne haben, ich wollte ihnen den Schlüssel geben. Aber sie riefen nur immer, ich solle ›das Zeug‹ rausrücken. Ob ›das Zeug‹ auch im Safe sei. Und ich habe ihnen immer wieder gesagt, im Safe sei nur Geld. Sie sagten, ich würde lügen. Nur ich könnte es haben. Nur ich hätte ihn in meinen Fingern gehabt. Sie schlugen mich. Und ich wurde bewusstlos, glaube ich. Leider sehr schnell.«

Was ihm irgendwie peinlich zu sein schien. Große Helden hielten die Folter tagelang aus. Für Bertram hatte das Leben nun mal kein männlich herbes Heldentum vorgesehen.

»Herr Friedensreich, haben Sie denn irgendeine Idee, was die Männer gemeint haben? Sie haben alles durchwühlt. Sie müssen etwas gesucht haben, noch etwas anderes als das Geld im Safe. Wen hatten Sie in Ihren Fingern? Bitte erinnern Sie sich. Hat der Satz so gelautet: Sie haben ihn in den Fingern gehabt?«

»Ja.«

»Sie hatten einen Mann in Ihren Fingern. Soll es das heißen?«

»Ich bin Bestatter. Viele Menschen gehen durch meine Finger. Ich …« Es blinkte und piepste auf einmal schrill. Friedensreich begann zu husten. Dann ging alles ganz schnell. Hobmayr stand draußen, begleitet von Flüchen. Dass diese Halbgötter aber auch solche Ausdrücke kannten!

Max Hobmayr trollte sich in sein Büro und sah sich die Todesfälle des Herrn Friedensreich an. Ein Querschnitt des Sterbens. Viel zu junge Leute, die mit viel zu hoher Geschwindigkeit und wenig Fahrpraxis die Straßen verließen. Ein Babytod, gerade mal acht Monate war das Wurm geworden, was besonders tragisch war. Ein paar um die Fünfzigjährige, bestimmt Krebs oder so was Unschönes, nahm Hobmayr an. Das Gros aber doch Menschen über achtzig, und da konnte er der kühlen Jungchirurgin nur zustimmen: Die Hebammen waren da nicht mehr schuld … Der letzte Fall war tatsächlich der von Efangelia Papadakis gewesen, aber noch ein Name prägte sich ihm ein: Vassilios Zacharidakis, mit 88 Jahren vor einigen Tagen verstorben. Irgendwie kam ihm das hier alles sehr griechisch vor.

Er packte seine Jacke und fuhr ins Bestattungsunternehmen. Wo ein Schild »Geschlossen« hing. Hobmayr überlegte gerade, was zu tun sei, als er über Funk von einem Einbruch in der Blumensiedlung hörte. Die lag zwischen dem Literaturhügel und den gutbürgerlichen Bergen. Gehobener Mittelstand. Im Aurikelweg – wie sahen eigentlich Aurikel aus? – war bei einer Familie Rübesamen eingebrochen worden. Hobmayr warf das Blaulicht aufs Dach und schoss durchs Städtchen. Er musste ja zugeben, dass er das ein klein wenig genoss. Als er vor dem gediegenen Haus im Landhausstil anhielt, waren drinnen schon vier Kollegen vor Ort. Der Ort sah wüst aus. Verwüstet. Mitten im Chaos stand ein hünenhafter Mann, der grimmig blickte und ein Jagdgewehr in der Hand hielt. Leise rieselte noch etwas Staub von der Decke, das Licht brach sich darin. Frau Rübesamen saß auf der Couch und schüttelte nur den Kopf. Hobmayr nahm mal an, dass der Hüne Herr Rübesamen war, was auch stimmte. Die beiden waren in der Dämmerung vom Einkaufen nach Hause gekommen und mehr oder minder gegen zwei Einbrecher gelaufen. Von denen einer mit dem Baseballschläger wedelte, aber weder mit der Statur noch mit der Behändigkeit des Hausherrn gerechnet hatte. Der riss nämlich ein Gewehr aus dem Bauernschrank, und wie die Häslein flüchteten die Einbrecher im Zickzackkurs. Der Baseballschläger war zurückgeblieben, Hobmayr war sich sicher, der würde die Abdrücke tragen, die sie schon kannten.

Bei der ganzen Jagdszene waren zwei Kugeln in die Decke gefahren. Natürlich besaß Rübesamen einen Jagdschein und ein Revier am Stadtrand, und inwieweit das ganz in Ordnung war, in einem Wohnhaus rumzuballern, das sollten andere entscheiden. Sonnenklar, so klar wie die Sonne, die immer noch neckisch in dem Staub spielte, war, dass die Männer genau das gesucht hatten, was sie im *Friedensreich* nicht gefunden hatten. Weil da nichts gewesen war, konnte es doch bei der Mitarbeiterin versteckt sein. Im Prinzip war das ja keine abwegige Idee.

Während der Hausherr mit den Kollegen von Einbruch/Diebstahl durchs Haus ging, setzte sich Hobmayr zur Hausherrin Anneliese.

»Geht's?«

Sie nickte.

Hobmayr berichtete ihr von den Worten ihres Chefs und schloss mit seiner Annahme, dass die Einbrecher nach etwas suchten, was sie bei Bertram Friedensreich nicht gefunden und nun bei ihr gesucht hatten.

»Aber warum denn bei mir? Warum nicht in seinem Privathaus?«

Das war eine berechtigte Frage. Hobmayr schickte einen Streifenwagen zu Friedensreichs Adresse und bat um Rückruf.

»Ich nehme an, die waren dort, haben da aber auch nichts gefunden. Frau Rübesamen, um was es geht, konnte ich nicht mehr fragen, als ich im Krankenhaus war. Ich …«

»Ich hab von Ihrem Auftritt gehört«, unterbrach sie ihn. »Ich hatte mit dem Krankenhaus telefoniert, kurz bevor wir heimkamen. Wie können Sie den armen Bertram nur so aufregen?«

»Also, ich …«

»Also, Sie! Und dann auch noch dieses Chaos hier. Was passiert da nur?«

Hobmayr versuchte Schmelz in seine Stimme zu legen und der Dame zu schmeicheln, indem er ihr sagte, dass er mit ihr fühle und dass er ohne sie verloren sei. Was sie mit einem Stirnrunzeln quittierte. Aber sie stimmte zu, mit ihm die Todesfälle durchzugehen.

»Mir ist der Name Vassilios Zachariodakis aufgefallen … noch ein Grieche?«

Sie lächelte ein klein wenig. »Wir haben einen guten Ruf in der griechischen Gemeinde. Wissen Sie, die Deutschen nehmen das mit dem Tod ja nicht mehr so ernst. Hauptsache, die lieben Alten sind schnell unter der Erde, und der

Rubel rollt dann für die Erben. Die Ausländer legen weit mehr Wert auf Pietät.«

»Das heißt, Papadings kam auf Empfehlung von Zachar… äh … Zachr…?« Gott, was hatten diese Griechen aber auch Zungenbrecher-Namen!

»Das weiß ich nun nicht, aber es kann schon sein, dass man sich kennt. Die Griechen hier in der Stadt kennen sich meistens.«

Bevor Hobmayr etwas sagen konnte, meldete sich sein Handy. Die Kollegen berichteten, dass in der Tat das kleine Häuschen von Bertram Friedensreich ebenfalls durchwühlt worden war. Ob etwas fehlte, konnten sie nicht sagen. Hobmayr bat die Kollegen, die Nachbarn zu befragen, schickte weitere Spurensicherer hin, wollte vor allem mal einen zeitlichen Ablauf in die Geschehnisse bringen, versprach, später selbst zu kommen, und wandte sich an Frau Rübesamen.

»Bei Ihrem Chef ist auch eingebrochen worden. Da sucht jemand etwas, was er bis dato wohl nicht gefunden hat. Ich nehme an, erst kam die Attacke im Büro, dann das Privathaus, dann Sie.«

»Furchtbar. Ich verstehe das alles nicht. Sie haben das Geld doch genommen. Dachten die, wir haben alle prall gefüllte Safes?«

»Nun, wie gesagt: Es scheint um mehr als um Geld zu gehen.« Hobmayr nahm den Faden wieder auf: »Und der Zachdings war auch Arzt?«

»Nein, aber Sie waren doch sicher schon im *Delphi*?«

»Ja«, sagte Hobmayr und spürte, dass er Hunger hatte. Das *Delphi* war ein griechischer Laden, wo man vor und nach dem Essen Ouzo bekam, ein wunderbarer Laden alles in allem.

»Der gehört der Familie und noch einige Restaurants mehr – auch zwei in München und eines in Salzburg.«

Also auch keine armen Griechenlümmel, dachte Hobmayr und blätterte in den Unterlagen. »Das war aber keine Einäscherung wie bei Papadakis?«

»Nein, das war eher etwas heikel. Aber solche Aufträge liebt Bertram ja.«

»Heikel?«

»Ja, nun, der Mann sollte heimgeführt werden nach Kreta. So was organisieren wir natürlich auch.«

»Ach, der schipperte zurück, um in kretischer Erde zu verrotten?«

Frau Rübesamen sah ihn strafend an. »Er schipperte nicht, er flog. Das ist Usus, und natürlich kümmern wir uns um alles Notwendige.«

Sicher, auch Leichen flogen spazieren, und wahrscheinlich gestaltete sich der Transport etwas komplizierter, als einen Koffer oder einen Skisack als Sperrgepäck aufzugeben. Auch klar war, dass man den Toten nicht in einem Sack in der First Class transportieren würde.

Hobmayr wartete.

»Ja, was schauen Sie so? Er wurde überführt. Nach Kreta. Da gibt es natürlich Bestimmungen«, schnaubte sie.

Hobmayr nickte wieder und wartete.

»In aller Regel verkaufen wir das Beförderungspaket dreiteilig. Die äußere Hülle besteht aus einem nahezu herkömmlichen Sarg, und die Wände dieses Holzsarges müssen mindestens 20 Millimeter dick sein. Dort hinein kommt ein Zinkeinsatz mit der Leiche. Dieser Zinkeinsatz, oft mit einem Glasfenster in Gesichtshöhe, wird ringsherum sorgfältig verlötet. Dann wird der Holzsarg mit dem Holzdeckel verschlossen, und das Ganze kommt dann in eine neutrale Kiste, das ist die Flugkiste. Außer in Sonderfällen – das wären zum Beispiel militärische Sargüberführungen – ist es

Vorschrift, dass der Sarg auf den ersten Blick nicht als solcher zu erkennen ist.«

»Und das organisieren Sie alles?«

»Ja, natürlich. Wir kümmern uns auch um den Leichenpass. Um alles eben.«

Er überlegte. Um alles. Grieche fliegt heim. Ein anderer Grieche schlägt Bestatter zusammen und sucht fieberhaft nach etwas, was wohl wertvoll war. Und wer hatte zuletzt Kontakt mit der Leiche? Na, der pietätvolle Bertram. Der würde doch nicht ...?

»Aha, das ist aber eine große Verantwortung ... äh ...« Hobmayr zögerte.

Frau Rübesamen sah ihn wieder an, als zweifle sie doch sehr daran, dass er bei der Kriminalpolizei so richtig angesiedelt war. »Jeder Tod ist eine große Verantwortung. Hier muss die Leiche zusätzlich in einem hermetisch abgeschlossenen Behälter liegen, dies ist im Allgemeinen ein Sarg aus Zink. Dieser Behälter muss mit einem flüssigkeitsabsorptiven Stoff wie Sägemehl, Hobelspäne oder Torf gefüllt sein. Insbesondere für den Lufttransport muss dieser Behälter ein Ventil für den Druckausgleich besitzen, sodass im Sarg kein höherer oder auch niedrigerer Druck entstehen kann als im umgebenden Raum. Ein zu hoher Druck im Sarginneren könnte dazu führen, dass Sargluft nach außen gepresst wird. Das ist natürlich unerwünscht.«

»Ähm, ja, unerwünscht«, echote Hobmayr. »Wie ist das denn so mit Wertgegenständen? Schmuck? Bleiben die dran?«

Nun schien Frau Rübesamen nahe dran zu sein, die Herrschaften mit den sprichwörtlichen Verflixt-und-zugenähten-Ärmel-Jacken zu rufen. Sie hielt ihn für irre, ganz klar. Und sie war wahrhaft eine clevere Frau. »Sie meinen, wir hätten etwas verschwinden lassen, und das sucht irgendwer bei Bertram oder mir?«

»Ich meine gar nichts, aber die letzten Todesfälle des Herrn Friedensreich waren zwei Jugendliche, die mit Papas Auto zu schnell in die Kurven geschossen waren. Ein bedauernswertes Baby verstarb, und drei ältere Herrschaften, die angesichts des bei Ihnen gebuchten Bestattungspakets ja wohl eher ärmlich gelebt haben. Bleiben bei den geldigen Kunden eben Zachardings und die Mutter des Herzchirurgen. Oder?« Natürlich hätte er das alles etwas sensibler und feinsinniger formulieren müssen, aber das lag ihm einfach nicht so sehr. Er kam nun mal aus einer Metzgerdynastie.

Frau Rübesamen schnappte nach Luft. »Das finde ich eine ungeheuerliche Unterstellung!«

»Liebe Frau Rübesamen, ich unterstelle ja nichts. Mein Job ist es herauszufinden, warum Herr Friedensreich im Krankenhaus liegt, warum das Unternehmen, sein Privathaus und auch Ihr Haus hier verwüstet wurden. Man hat etwas gesucht, und Sie werden ja kaum bestreiten können, dass diese Suche etwas mit Ihrem Unternehmen zu tun hat. Wer hat denn den letzten Kontakt zum jeweiligen Toten?«

»Na, Bertram. Er wäscht die Toten. Schminkt sie, kleidet sie an. Und ich sage Ihnen, die sehen alle besser aus als zu Lebzeiten!«

»Und dabei ist er allein?«

»Ich mache die Buchhaltung. Führe Gespräche. Berate. Der Rest obliegt Bertram. Das ist ihm auch wichtig, er will die Zeit mit den Toten tief in sich aufnehmen. Es bedarf guter Schwingungen für einen guten Tod und eine schöne Bestattung. Die Seele muss fliegen können.«

Hobmayr schluckte mal alles runter, was ihm spontan in den Sinn kam, und das war so einiges. »Das heißt also, der

Einzige, der uns da weiterhelfen kann, ist Bertram Friedensreich selber?«

»Ja, das heißt es. Wagen Sie es nicht, ihn wieder so aufzuregen!«

Hobmayr war aufgestanden. »Ach, Frau Rübesamen, haben Sie Ihr Geld eigentlich immer pünktlich bekommen?«

»Wie bitte?«

»Ich wiederhole gerne: Haben Sie Ihr Geld eigentlich immer pünktlich bekommen?«

»Was wollen Sie denn nun wieder unterstellen?« Die Dame war inzwischen wirklich auf hundertachtzig.

»Ist die Frage so schwer zu beantworten?«

»Natürlich nicht. Also, nur … also, nur …«

Hobmayr wartete.

»Nur die letzten zwei Gehälter stehen noch aus. Ein gewisser Engpass. Die Leute haben ja so eine üble Zahlungsmoral. Aber das kam sonst wirklich noch nie vor!«

Hobmayr verabschiedete sich, überlegte kurz, an Friedensreichs Haus vorbeizufahren, aber verwarf den Gedanken wieder. Was sollte das bringen? Er war sich sicher, dass die Einbrecher einer Logik gefolgt waren und nach und nach Büro, Haus und Haus der Mitarbeiterin durchsucht hatten.

In seinem Büro gab Hobmayr die Weisung, die finanzielle Situation des Herrn Friedensreich zu checken. Er bekam alsbald Bescheid. Der gutgläubige Bertram war einem dubiosen Anlagemodell aufgesessen. Er hatte 125.000 Euro verloren, dafür musste eine alte Frau noch viel länger stricken. Eine junge auch. Hobmayr pfiff durch die Zähne. Eine vage Ahnung verfestigte sich in ihm. Was also, wenn es wirklich gar nicht um den Inhalt des Safes gegangen war? Was, wenn Bertram einer der Leichen etwas Wertvolles abgenommen hatte? Ringe, Ketten, eine Uhr – das alles gab es ja in Preislagen, die seine Verluste mehr als decken würden. Und solche Schätze vermutete er am ehesten bei den griechischen Familien.

Im Krankenhaus wurde ihm gesagt, dass er keinesfalls vorgelassen würde, die Ärztin war ein Höllenzerberus. Ihm blieb, die Kollegen anzuweisen, im Leben des griechischen Kneipiers zu wühlen, der wohl nun schon auf Kreta angekommen war und vielleicht schon in der Heimaterde lag. Hobmayr selbst oblag es, nochmals hinaufzusteigen in die Sphären der gläsernen Ärzte.

Diesmal war nur die Perle da, was Hobmayr ganz recht war. Sie zeigte sich etwas konsterniert über seine Frage, ob die alte Dame denn komplett gewesen war. Er musste wirklich an seiner Ausdrucksweise feilen. Aber Frau Zuber bestätigte ihm doch, dass aller teure Schmuck an Alexandra gegangen war. Bei einer Einäscherung war es Usus, dass man die Menschen vorher von Edelmetallen befreite. Die brannten ja auch ziemlich schlecht. Seine Andeutungen, Bertram Friedensreich hätte eventuell etwas verschwinden lassen, fand sie mehr als lachhaft. Dieser Bertram sei ein Engel gewesen. Einfach nur ein Engel.

Er hasste Engel. Mit Engeln stimmte immer was nicht. So gut war kein Mensch. Abrupt fragte er: »Kannten Sie die Familie Zachariodakis?«

Sie zwinkerte im Licht, sie kniff die Augen zusammen. Dieses Haus war ein Albdruck, jede Falte trat wie gemeißelt zu Tage. Gottlob war hier kein Spiegel, er wollte gar nicht wissen, wie er heute aussah mit zwei schlecht ausgedrückten Pickeln, seinen Falten und Bartstoppeln.

»Sie meinen Vassilios?«

»Ja, ihn und seine Familie.«

»Nun, die Zachariodakis haben einige Restaurants, die Herrschaften gehen da natürlich auch zum Essen hin. Eine Enkeltochter des alten Vassilios ist in Alexandras Alter, die waren zusammen in der Grundschule.«

Aha, also doch! Die Griechenconnection.

»Und Aggi? Kannte man den? Wusste man, dass er, äh, etwas entgleist ist?«

Ihre Augen wurden feucht. »Natürlich weiß – man – das. Und wie in dieser Familie wurde Aggi auch im Bekanntenkreis totgeschwiegen. Dabei ist der Junge nicht unrecht!«

»Der verlorene Sohn war aber so unrecht, dass er bei Herrn Friedensreich eingedrungen ist. Er hat den Mann beraubt und lebensgefährlich verletzt.« Das behauptete er jetzt einfach mal so. Es konnte natürlich auch der andere des diebischen Duos gewesen sein, aber er musste ja etwas Dramatik in seine Rede legen. »Ich frage Sie nochmals: Haben Sie noch Kontakt zu Aggi? Frau Zuber, hier geht es nicht um Loyalität. Hier geht es womöglich um Mord oder Totschlag.« Na, das klang doch dramatisch genug.

Ihr traten Tränen in die Augen. »Aggi tut so was nicht.«

»Frau Zuber! Haben Sie Kontakt zu ihm? Sie müssen mir das sagen. Sie machen sich auch strafbar!«

Sie flüsterte: »Er kommt manchmal bei mir vorbei. Wenn er sicher sein kann, dass keiner da ist. Ich koch ihm dann was Schönes. Ist ja so dünn, der Junge.«

Hobmayr starrte sie an. Seine Gedanken fuhren Kettenkarussell, und gleich würden sich die Sessel lösen … Seine Stimme bebte. »Und wie weiß er, dass keiner da ist?«

»Ich ruf ihn an«, sagte sie ganz leise.

»Bitte?«

»Ich ruf ihn an.«

»Sie haben seine Handynummer?« Hobmayr japste nach Luft.

Sie nickte.

Hobmayr bemühte sich wirklich um Contenance. »Die Nummer, bitte! Aufschreiben!«

Und die Perle schrieb. Die Nummer des entgleisten Engels schrieb sie auf. Die Nummer des schwarzen Schafs.

Als er den Berg hinunterraste, gab er die Nummer durch. »Nicht anrufen! Nur orten! Ortet dieses Handy. Aber mal ganz flott!«

Hobmayr blaulichterte durch das Städtchen und raste ins Büro. Wo der Kollege das Handy tatsächlich geortet hatte. Der blinkende Punkt lag in einem Dorf etwa zehn Kilometer entfernt. Hobmayr nahm die junge Kollegin mit, ein Streifenwagen sollte folgen, allerdings weiter entfernt vom Objekt der Begierde warten. Sie verließen die Stadt am Fluss entlang und tauchten ab in eine wellige Welt von Feldern, auf denen Raureif lag. Kalt war es geworden, die Luft roch nach Schnee, die Fadensonne versuchte sich kleine Gucklöcher in den Nebel zu bohren. Spätherbst, Todeswetter. Das Dorf war ein ordentliches Dorf, die Kirche mittig gelegen, daneben das Gasthaus. Im Biergarten lagen die reifüberzierten Kastanienblätter noch am Boden. Sie bogen in ein kleines Gässchen ab, das schmaler wurde und in einen Feldweg überging. Hobmayr befahl dem Streifenwagen über Funk, anzuhalten und auf Weisung zu warten. Er holperte weiter, etwas mehr Bodenfreiheit hätte auch nicht geschadet.

Am Ende des Wegs marodierte ein alter Hof vor sich hin, dessen beste Zeiten sicher mehr als 100 Jahre zurücklagen. Es war ein kleiner Hof mit abgeblätterten Fensterrahmen und Läden, die nur noch halb in den Angeln hingen. Westseitig war eine Tenne angebaut, deren Dach den nächsten Winter wohl nicht überstehen würde. Man konnte den Hof für verlassen halten, hätte Hobmayr nicht aus dem Augenwinkel eine Bewegung hinter einer vergilbten Gardine bemerkt. Na also, da war er ja, der engelsgleiche Griechenlümmel. Hobmayr und Nadja stiegen aus, er und die Kollegin zückten ihre Waffen und gingen zur Tür. Hobmayr sparte sich ein »Aufmachen, Polizei!«, die Tür war nämlich nur angelehnt. Der Gang war dunkel, die Tür nach rechts verschlossen. Das war sicher die Stube. Hobmayr drückte die Tür auf, und geflogen kam ein Korb mit Brennholz. Hobmayr donnerte zu Boden, unelegant wie ein nasser Sack, mitten rein in die Scheite, von denen sich eines in seine Stirn bohrte. Sch…ande! Die Kollegin hatte schon den Streifenwagen informiert, war hintergespurtet, durch die Stube in die Küche. Raus auf den Gang, durch den kleinen Stall, wo der Flüchtende ihr dann allerdings einen Schubkarren mit noch mehr Brennholz vor die Füße geschleudert hatte. Würde wohl ein harter Winter werden. Als Hobmayr und Nadja sich hochgerappelt hatten und nach draußen gestürmt waren, schwankte der Mann mit einem Fahrrad quer über ein Feld. Der Streifenwagen war ihm schon auf den Fersen, konnte aber auf dem zerfurchten Boden schlecht fahren. Hobmayr und die Kollegin hechteten in ihren Wagen und schossen retour. Der Flüchtende musste ja irgendwo auf eine Straße treffen. Im Dorf waren gerade zwei Männer aus der Wirtschaft getreten und auch gleich wieder reingehüpft, so schleuderte Hobmayr ums Eck. Und weiter. Er hatte als Kind wirklich gerne *Miami Vice* gesehen. Als er auf die Landstraße einbog, sah er das Fahrrad auf dem Hügel und dahinter den Streifenwagen.

Hobmayr fuhr in eine der beiden Bushaltestellen ein, die beiderseits der Straße lagen, und wartete. Der Engel trat gewaltig in die Pedale, in Hobmayr breitete sich ein behäbig-gefälliges Gefühl aus. Nun hatten sie ihn. Er konnte ja nur auf die Straße hinausfahren. Was er auch tat. Und zwar genau vor den Linienbus. Funken sprühten, ein Rad flog durch die Luft. Dann nichts mehr.

Als Hobmayr und Nadja sowie die Kollegen hinzueilten, lag da Aggelos. Das war er, ganz klar. Er sah seiner schönen Schwester sehr ähnlich, nur hatte er eine Kopfwunde und sein Bein stak merkwürdig verdreht heraus. Störend war auch, dass der Schienbeinknochen irgendwie herausspitzte, was einen der Kollegen dazu animierte, hinter dem Bus seinen Mageninhalt loszuwerden. Der Busfahrer war ebenfalls ganz grün im Gesicht und wurde von Nadja bemerkenswert umsichtig beruhigt, dass er rein gar nichts dafür könne. Frauen waren einfach das stärkere Geschlecht – gut, er persönlich hatte mit Blut auch wenig Probleme, da kam ihm eben doch die Metzgerdynastie zugute.

Der Notarzt war sehr schnell gewesen, der Hubschrauber war entschwebt, dem Busfahrer war ein Psychologe an die Seite gestellt worden. Fahrgäste hatte es keine gegeben, es war ja häufig so, dass Geisterbusse über die Landstraßen fuhren, denn außer ganz in der Frühe und am Abend stieg doch keiner zu. Aggelos landete sofort im OP und dann auf der Intensivstation, was Hobmayr nicht umhin konnte zu kommentieren: »Jetzt radelt mir der Verdächtige vor den Bus! Ich glaub es nicht! Und liegt nun neben seinem Opfer. Beide zum Schweigen verdammt! Was für ein Sch…rott!« Schrott, ja, und Totalversagen seiner Leute. So was Peinliches, das sicher auch noch Konsequenzen haben würde.

Aber während nun der Täter im Koma lag und die Fahndung nach dem zweiten Mann immer noch lief, konnte man mit Bertram Friedensreich endlich wieder sprechen. Was Hobmayr tat. Wobei er Friedensreich, dessen Kopfverband schon kleiner geworden war, eindrücklich schilderte, dass eben auch sein Privathaus und das der Mitarbeiterin durchstöbert worden waren. Es half ja nichts, er musste endlich mal einen Vorstoß wagen, und mit Hobmayr'scher Diplomatie sagte er: »Hatte Herr Zachariodakis teuren Schmuck an? Richtig teuren Schmuck?«

Friedensreich blinzelte wieder ein wenig. »Vassilios Zachariodakis trug einige Ringe, eine Uhr, eine Goldkette mit einem Skarabäus. Ja, die trug er. Was ist damit?«

»Herr Friedensreich, Sie haben Schulden. Sie haben Frau Rübesamen zwei Monate nicht mehr bezahlt. So ein paar Schmuckstücke bringen doch Geld ein, oder? Wo haben Sie das Zeug?«

Es war offensichtlich, dass diese Botschaft erst einmal einige Hirnwindungen durchlaufen musste. Bertram Friedensreich versuchte sich aufzurichten, sank dann aber wieder zurück. »Ich soll … ich soll einen Toten …? Ich soll mich der Leichenfledderei schuldig gemacht haben? Sie sind ja nicht bei Trost!« Er lief rötlich an.

Max Hobmayr hoffte, dass der Mann ihm nicht wieder kollabieren würde und dass nicht wieder so ein Pfeifgerät den Zerberus und seine Helferinnen herbeitröten würde. Was aber leider doch passierte.

Es war zum Mäusemelken. Aber bevor Hobmayr das tun musste, hatten die Kollegen in der nahen Großstadt den Mittäter gefasst. Benedikt Moser, 25, Gelegenheitsdieb, Gelegenheitsdrogendealer, gelegentlich auch mal in illegalen

Spielhöllen dabei, gelegentlich auch mal ganz reell – wenn auch schwarz – arbeitend in seinem Lehrberuf als Zimmerer. Das alte Bauernhaus hatte der Oma vom Bene gehört, und der Bene erwies sich schnell als recht gesprächig. Der Aggelos, den er eben aus den einschlägigen Zirkeln so kannte, hatte ihn angesprochen wegen eines »Spitzenauftrags«. »Völlig easy«, man hätte lediglich etwas wiederbeschaffen sollen. »Auch so geldige Griechenbeitel wie dem Aggelos sein Daddy« hätten wohl auf Kreta eine Leiche »aufgemacht«. Dieser Leiche hätten der Familienschmuck und eine kleine Schatulle gefehlt. Die gälte es wiederzubeschaffen. »Voll easy eben«, und als der alte »Leichenwäscher« dann immer nur vom Geld geredet hätte, hätte er ihn mal leicht angeritzt. Warum der Aggelos dann gleich zugeschlagen hätte, wisse er auch nicht. Und dann sei der »Opa« ja auch gleich ohnmächtig geworden, dieses »Bestattungs-Weichei«. Ja, der Bene war gesprächig. Und dann hätten sie eben »prophylaktisch« die Kohle mal mitgenommen, aber weder im Haus vom »Leichenwäscher« noch bei der »anderen Schnalle« was gefunden. Und dann wäre ja auch noch der »Riese mit der Knarre« aufgetaucht. Bene wusste nur, dass Aggelos mehrfach mit Kreta telefoniert hatte und dass die dort ganz schön sauer waren, dass er so einen einfachen Auftrag nicht ausführen könne. Sie hätten auch mal versucht, ins Krankenhauszimmer zu diesem »Leichenarsch« zu kommen, um ihn mal direkt zu fragen, wären aber gescheitert.

Der Bene wanderte in U-Haft, und Hobmayr wanderte mal wieder zu Friedensreich, der noch einen etwas kleineren Verband trug, besser aussah und schon mit deutlich lauterer Stimme sein Entsetzen darüber bekundete, dass Hobmayr ihm Leichenfledderei unterstellte.

»Herr Friedensreich. Was bitte soll ich denn glauben? Benedikt Moser hat ausgesagt, sein Kumpel Aggelos Papadakis habe den Auftrag aus Kreta bekommen, die Sachen des geliebten Vassilios wiederzubeschaffen. Wertvollen Familienschmuck und eine kleine Schatulle, die er mit äußerster Vorsicht zu behandeln habe. Als der Tote bei Ihnen einrückte, hatte er das alles bei sich. Als er auf Kreta ausgepackt wurde, fehlten Schmuck und Schatulle.«

Der Mann rötete sich wieder etwas, aber lange nicht so schlimm wie beim letzten Mal. Das gab Anlass zur Hoffnung. »Leichenfledderei ist eine Todsünde. Wie können Sie mir, dem Hüter und Freund des Totenreichs, so etwas unterstellen? Ich möchte auf der Stelle tot umfallen, wenn ich so etwas nur andenken würde. Tote zu berauben!«

Hoffentlich würde er nicht tot umfallen, denn Hobmayr wollte endlich diesen Fall lösen. Aber der Freund der Toten, der deren Seelen zum Fliegen brachte, wirkte inzwischen ganz stabil, die Anfechtungen schienen ihm neue Kräfte zu verleihen.

Max Hobmayr hob zur nächsten Runde an. »Was hat es mit der Schatulle auf sich? Wieso hat ein Toter eine Schatulle dabei?«

»Darin befand sich eine Ikone«, sagte Friedensreich schlicht.

»Eine was?«

»Ikone.«

»Und die war in dem Sarg?« Hobmayr war nahe dran, vom Glauben abzufallen, hätte er denn einen klar definierbaren besessen.

»Nun, das war eine Ikone, die ihn sein Leben lang begleitet hat. Und es erschien der Familie sicherer, dass sie im Sarg reisen würde.«

Sicherer? Da war wohl irgendwas Illegales an dem Ding! Die Ikone aus einem Kunstraub? Beutekunst aus der NS-Zeit? Hobmayr mochte sich das gar nicht ausmalen. Da war doch etwas faul wie uralte Eier! Sonst hätte die Ikone doch in einem Koffer reisen können. Oder mit der Post. Er atmete durch. Er fixierte Friedensreich. »Wie groß ist denn so ein Ikonendings?«

»Sie muss nicht groß sein. Diese hatte etwa 30 mal 20 Zentimeter. Der Wert einer Ikone hängt nicht von der Größe und nur teilweise vom Alter ab. Zweifellos ist auch wichtig, aus welchem Material und mit welcher handwerklichen Fähigkeit sie gefertigt ist, ebenso entscheidend die Feinheit der Malerei und ihr allgemeiner Erhaltungszustand. Das war keine serienmäßig hergestellte Ikone. Diese war unglaublich schön: Es dürfte eine der ganz wenigen Ikonen sein, die noch in Enkaustik geschaffen worden sind. Einfach unglaublich.«

»Enkaustik? Was für ein Ding?«

»Bei dieser Technik werden in Wachs gebundene Farbpigmente heiß auf den Maluntergrund aufgetragen. Die Blütezeit lag in der griechisch-römischen Antike, die Technik wurde bis in die Spätantike verwendet. Die Ikone könnte aus dem 6. oder 7. Jahrhundert stammen, eine der ganz wenigen, die nicht dem byzantinischen Bilderstreit im 9. Jahrhundert zum Opfer gefallen sind. Sie ist bezaubernd«, dozierte Friedensreich.

Auch wenn Hobmayr das alles nicht verstand, was er verstand, war, dass das ein Kunstwerk von Weltrang gewesen sein musste. Oder irrte er da? »Wertvoll also? Wie wertvoll?«

»Warum reden Sie immer vom Geld? Der Wert ist doch ideell. Es darf auch nicht immer ums Geld gehen! Ikonen sind als Mittler zwischen Diesseits und Jenseits vor allem wundertätig.«

»Was würde man dafür bekommen?«, insistierte Hobmayr.

»Geld. Keine Backsteine«, sagte Friedensreich wieder ganz schlicht. »Aber ich glaube, sie ist nicht verkäuflich. So auf dem freien Markt. Und dann müsste einer den Wert auch erkennen. Sie ist so selten, so einzigartig, dass die wenigsten Händler so was je gesehen haben und den Wert einschätzen könnten.«

»Aber Sie haben den Wert erkannt!«

»Wie gesagt. Es geht doch vor allem auch um das Emotionale. Ich bin zufällig von Kindesbeinen an an der Ikonografie interessiert.«

»Eben!« Hobmayr gab einen Triumphschrei von sich. Der Mann lieferte sich ja geradezu selbst ans Messer. »Sie wussten, was Sie da in Händen halten. Und deshalb mussten Sie diese Ikone haben. Sie konnten nicht widerstehen. In Ihrem Fall vielleicht sogar wirklich nicht so sehr wegen des materiellen Wertes, sondern weil Sie diese inneren Werte erkannt haben.« Hobmayr versuchte es mal so rum, um den Mann aus der Reserve zu locken. Aber Bertram Friedensreich sagte immer nur, dass er den Mann hergerichtet hätte. Ihm all seine Preziosen wieder angelegt und die Ikone auf seinem Bauch platziert hätte. In einer flachen Lederschatulle. So sei das gewesen, beharrte der Bestatter.

Himmel, war das mühsam! Hobmayr wurde langsam sauer. Und müde. Und hungrig. »Herr Friedensreich, Sie waren der Letzte, der den Mann gesehen hat!«

Er sah betrübt aus, und dann lächelte er ganz leicht. »Nein.«

»Was ›nein‹?«

»Ich war nicht der Letzte.«

Max Hobmayr hatte einen ganz trockenen Hals und war nahe dran, Friedensreich an den seinigen zu gehen. »Wer soll denn sonst noch mit der Leiche geplaudert haben? Frau Rübesamen?«

»Nein, aber der junge Mann, der ihn eingelötet hat.«

»Der was?«

»Für den internationalen Flugverkehr ist es erforderlich, einen Zinksarg einzulegen.«

»Ja, das hat mir Frau Rübesamen schon erklärt«, fuhr Hobmayr dazwischen.

»Dann sind Sie ja informiert. Natürlich kann ich nicht löten und arbeite in solchen Fällen mit *Polzer und Söhne* zusammen. Eine Sanitärfirma. Und die hat mir einen Gesellen geschickt. Rolf hieß er, glaub ich.«

Hobmayr war völlig geplättet. Einfach sprachlos. Weswegen Friedensreich fortfuhr: »Ich habe den Toten platziert, der junge Mann hat seine Arbeit gemacht, sehr akkurat überdies. Ich war auch nicht dabei, ich habe telefoniert.«

»Sie wollen sagen: Ein Gas-Wasser-Scheiße-Geselle hat ihn eingelötet und hätte den Schmuck und die Schatulle an sich nehmen können?«

»Das wird so wohl gewesen sein. Schrecklich. Keine Ehrfurcht vor den Toten. Dabei war ich mit *Polzer* immer so zufrieden. Der Senior ist ein Schulfreund von mir.«

Hobmayr war schon an der Tür. Und bald darauf im Ladengeschäft von *Polzer und Söhne*, wo der Senior, ein kleines Männlein mit Bäuchlein, vor einem jungen Paar gerade Kataloge mit Badewannen ausgebreitet hatte. Wo einer der Söhne dann übernehmen musste. Wo Polzer immer noch nicht so recht verstand, was Hobmayr da andeutete. Immerhin aber konnte ihm der Mann schließlich sagen, dass »der Gsell« auf einer Baustelle war. Mit einem der Söhne und dem Lehrling. Dass Rolf Ludert ein sehr guter Mann sei, obwohl ein »Preiß«.

Die angegebene Adresse lag im Neubaugebiet, wo hinter einem Schallschutzwall zur Bundesstraße hin viereckige Häuschen in Ständerbauweise rasend schnell entstanden, jedes auf seinem eigenen riesigen Maulwurfshügel. Gärten konnte man später anlegen, wenn wieder Geld da war, und bei Grundstücken um die 250 Quadratmeter brauchte man dazu sicher keinen Gartenarchitekten.

Rolf Ludert versuchte angesichts der Polizei kurz zu flüchten, aber diesmal war Hobmayr schneller. Ludert leugnete natürlich erst mal, aber als Hobmayr ein Szenario vor ihm ausbreitete, was wohl passieren würde, wenn die kretischen Griechen auf ebendieselbe Idee kämen und diesmal keine Amateure wie Aggelos und Bene schicken würden? Ludert gestand. Den Schmuck hatte er noch zu Hause. Löblich! Und die Ikone? Die hatte er zu einem Antiquitätenhändler gebracht.

Hobmayr war sich nicht ganz sicher, ob er das Richtige tat, aber er entschuldigte sich bei Friedensreich und fragte ihn, ob er sich gut genug fühle, um die Ikone zu identifizieren. Auch die Ärzte stimmten dem Ausflug schließlich zu. Hobmayr forderte zudem einen Kunsthistoriker von der Uni in der Großstadt an, und so zog das seltsame Trio in die Innenstadt. Der Besitzer des kleinen dunklen Ladens konnte sich an Ludert erinnern.

»Eigentlich kauf ich so was nicht auf. Kriegt man bei uns schlecht weg. Wir haben hier nicht so viele Russen, die Ikonen kaufen. Der junge Mann war vom Dialekt her mehr so aus dem Ruhrpott, ich hatte ihm noch empfohlen, die Ikone eher dort zu verkaufen. Da sind ja mehr, äh, mehr Ausländer.«

»Ist die Ikone noch da?«, fragte Hobmayr.

»Klar, auf so was bleib ich doch eh sitzen.« Er wies in Richtung einer Anrichte. Da stand die Ikone, eingerahmt von einem röhrenden Hirsch und einer weißen Porzellanfigur, einer debil grinsenden Tänzerin, die ihr Röckchen schwang. Der Experte japste. Dann nahm er die Ikone in die Hand. Drehte sie um. Klopfte auf den Rahmen. Japste wieder. Als er Worte fand, kam nur ein gepresstes »Was haben Sie dem jungen Mann dafür denn gegeben?« an die Adresse des Antiquars aus ihm heraus.

»Müsste ich nachsehen«, sagte der und blickte irritiert von einem zum anderen. Während er hinter einem Vorhang verschwand, flüsterte Hobmayr Friedensreich zu: »Ist sie das?«

»Sicher«, flüsterte der Bestatter zurück. »Sie ist einzigartig schön.«

Der Mann kam wieder. »Ich hab ihm 300 Euro gegeben, aber nur, weil sie recht hübsch ist. Vielleicht kann ich sie für 500 Euro weiterverkaufen. Vielleicht geht was übers Internet.«

»Für was haben Sie die Ikone denn gehalten?«, stieß der Experte aus.

»Na ja, 19. Jahrhundert. Nichts Besonderes.«

Der Experte sank auf einen Stuhl und hielt die Ikone so in den Händen, als wolle er sie in Richtung Himmel heben. »Mein Gott«, flüsterte er. »Enkaustik. 7. Jahrhundert, würde ich sagen. Ein Schatz. Mehr als das.«

Nun, der Rest würde sich weisen. Auch die Frage der Besitzverhältnisse. Die Frage nach all den Straftaten, die dieses kleine Ding ausgelöst hatte. Die Tatsache, dass es zweifellos nicht korrekt war, von Kreta aus die Schergen auf den armen Bertram Friedensreich zu hetzen. Da würden nun einige – er nannte es mal »Fakultäten« – zu tun bekommen, dachte

Hobmayr und sah noch einmal auf diese unscheinbare Ikone, die plötzlich aufgeflammt war. Wie im Glaspalast war soeben Licht eingefallen. Ein einziger Strahl hatte sich in das enge Ladengeschäft hereingeschmuggelt. Ein Strahl, der dieses Bildnis zum Leben erweckte. Es war unendlich still. Etwas rieselte über Hobmayrs Nacken. Friedensreich hatte Tränen in den Augen.

»Und was wäre sie nun wert?«, fragte Hobmayr, dem das alles gerade etwas unheimlich wurde.

»Wenn so etwas zu *Christie's* käme, dann ein Betrag in zweistelliger Millionenhöhe«, presste der Experte heraus.

Das war der Moment, in dem der Antiquar in sich zusammensackte. Was war nur los, fragte sich Hobmayr. In diesem Fall fielen die Leute ständig in sich zusammen wie fragile Kartenhäuser. Immerhin hatte er ja einen Bestatter dabei, er rief aber dennoch erst mal einen Notarzt.

Das Postgeheimnis

»Dieses leichte Perlen, dieser Nachhall, ach!«

Volker Reiber sah sein Gegenüber kopfschüttelnd an. »Ja, und erst dieser Abgang!«

»Ja, der auch.« Gerhard Weinzirl tat einen weiteren Schluck und schloss die Augen. »Göttlich!«

»Göttlich? Wir reden hier nicht von einem Château Dingsda oder einem Barolo aus der Sonne des schönen Piemonteser Hügellandes. Wir trinken profanes Weißbier, Weinzirl, Weißbier!«

»Ha, profan! Weißbier hat es ebenso verdient, dass man es blumig beschreibt. Bitte, ich habe kürzlich irgendwo gelesen, der Riesling schmecke nach Eisenbahngleisen, der Rote nach Pferdesattel oder nassem Kater. Möchtest du was trinken, das nach nassem Kater schmeckt? Ich kann mir ungefähr vorstellen, wie ich mich bei einem Kater fühle, wie ein nasser Sack eventuell. Reiber, beim Bier gibt es viel mehr zu riechen und schmecken, und das ist beileibe kein nasser Kater!«

Reiber grinste und öffnete zwei weitere Flaschen. Sie waren mittendrin in der Verkostung: die besten bayerischen Weißbiere. Ungeplant, denn eigentlich war Reiber ja aus Berlin gekommen, um »spontan zwischen den Jahren« seine Exfreundin Jo zu besuchen. Jo, die irgendwie auch Gerhards Ex war – das machte es nicht einfacher oder eben gerade. Man kannte sie und sich. Jo war nämlich, ohne einem von ihnen etwas zu sagen – warum hätte sie auch sich auch bei ihren Ex abmelden sollen? – nach Südtirol zum Skifahren entschwunden. Jedenfalls war Volker nun bei Gerhard gestrandet, der hatte einen Getränkemarkt gestürmt und sich voll und ganz diesem bayerischen Kulturauftrag hingegeben: Weißbier-Tasting.

Sie waren nun beim *Dachs* angelangt, das Reiber als »brav« beschrieb.

»Reiber, an dir ist Hopfen, Malz und Hefe wirklich verloren. Ich kann so nicht trinken.« Theatralisch bedeckte Gerhard Weinzirl mit der flachen Hand seine Stirn. »Reiber, oh Reiber.«

Obwohl die beiden Männer, die sich mal gar nicht hatten ausstehen können, inzwischen Freunde waren, sprachen sie sich doch immer beim Nachnamen an, das war nun mal die besondere Note ihrer herben Freundschaft.

Mit einem weiteren theatralischen Stöhnen entriss Weinzirl dem Berliner, der ursprünglich ein Augsburger war, das Glas und leerte es: »Wenn du diesen edlen Saft aus den Kellereien Weilheims nicht ehrst, so tue ich es. Das ist mein Lieblingselixier!«

Bevor Reiber noch etwas erwidern konnte, klingelte Weinzirls Handy. Nun war er weißbiermäßig bereits etwas retardiert, außerdem in einer völlig anderen Weißbiergenusswelt abgetaucht, und so brauchte sein bieriges Gehirn geraume Zeit, die Botschaft zu begreifen. Er war fast versucht zu sagen »Muss ich kommen?« Aber er musste wohl.

Reiber sah ihn fragend an.

»Da liegt ein toter Schorschi ganz still und stumm auf der Tennenbruck.«

Auch Reiber war ein wenig verlangsamt. »Wer liegt auf welcher Brücke?«

»Tennenbruck, Reiber, Tennenbruck.« Lallte er ganz leicht? »Reiber, ein Toter, und ich muss da leider hin und unsere kleine Lehrstunde abbrechen.« Er überlegte kurz. »Komm doch mit! Bulle bist du auch, und dein hellsichtiger großstädtischer Blick erleuchtet womöglich die Ecken finsterer Bauernhäuser.«

»Weinzirl, du Arsch!«

»Kannst du fahren?«, fragte Gerhard, den »Arsch« ignorierend. »Ist nicht weit.«

»Ich brauch meinen Schein auch noch!«

»Reiber, wir sind die Polizei. Außerdem fahren wir durch den stillen Tann.«

Der »stille Tann« war eine gesperrte und sehr kläglich geräumte Straße, die unmittelbar jenseits von Weinzirls Hofeinfahrt begann, durch Wald und Moos führte und in einem Ort namens Paterzell endete.

»Hier beginnt Deutschlands größter zusammenhängender Eibenwald«, versuchte sich Gerhard als Fremdenführer. Er lallte wirklich ein bisschen. Das b im Eibenwald pappte an seinem Gaumen.

Gerhard ließ unerwähnt, dass er hier schon mal einen Toten gehabt und die ebenso pfiffige wie schöne Seherin Kassandra kennengelernt hatte, ein weiteres unrühmliches Kapitel im immer fetter werdenden Buch *Weinzirl oder die Unfähigkeit zur Bindung*.

Sie waren am Abhang des Hohen Peißenbergs an einem Bauernhäusl vorgefahren, das komplett im Schatten lag oder gelegen wäre. Denn es war inzwischen zappenduster. Jemand hatte das Licht ausgeknipst. Ende Dezember war eine nachtschwarze Zeit, auch wenn man sich an die Hoffnung klammern konnte, dass es aufwärts ging mit der Tageslänge und ein neues Jahr drohte, das ebenso beschissen wie das alte werden würde. Das die meisten aber mit albernen Feuerwerken frenetisch begrüßten. Der Mensch war masochistisch.

Links lag der Wohntrakt, rechts stakte die Tennenbrücke wie eine lange Zunge aus der Scheune heraus. An ihrem Fuß standen zwei uniformierte Kollegen. Gerhard stellte Reiber vor, was die Beamten mit bayerischem Gleichmut hinnahmen. »Wo liegt er?«

Der eine Polizist wedelte mit der Hand in Richtung Tenne.

»Gibt's hier irgendwo Licht?«, fragte Gerhard.

»Da müsst' man die Oma fragen. Die hat ihn auch gefunden.«

»Dann sollte *man* das mal machen. Auch müsste *man* die Dame befragen«, sagte Gerhard. Sein Ton wurde schärfer. Zu rüde war er aus dem watteweichen wohligen Weißbierhimmel heruntergeholt worden.

Der Zurechtgewiesene trollte sich unter die Brücke, wo es eine kleine Stalltüre gab. »Hat's Licht in der Tenne?«, rief der Kollege ins Nichts. Wie durch Zauberhand flammten wenig später zwei Neonröhren auf, die ein fieses Licht verbreiteten und augenblicklich den Tatort illuminierten. Langsam ging Gerhard hinauf. Und oben, gerade dort, wo die vereiste Einfahrt in den Holzboden überging, lag ein Mann. Beachtlich war ein weißer Plastikpfahl, der aus seiner Brust ragte. Gerhard brauchte ein paar Sekunden, um zu erfassen, was das war. Sein Blick glitt über die Szenerie.

Rechts vom Toten waren Heu-Rundballen gestapelt, im hinteren Teil des Gebäudes standen zwei restaurierte *Lanz Bulldogs*, die sicher die Stars bei jeder historischen Traktorausfahrt waren.

Links neben dem Mann stand ein alter Tisch, auf dem war eine Rolle Zaunlitze platziert und eben jene weißen Stecken: Zaunpfähle aus Plastik, die Pferdefreunde gerne benutzten, weil man sie leicht versetzen konnte. Dieses Modell hatte einen neckischen Steigbügel, um den Pfahl leichter in den Boden treten zu können. Es war zudem mit zwei messerscharfen Stahlstiften bewehrt, auf dass der Pfahl im Boden auch gut haften möge. Diese beiden Stifte steckten nun in dem Mann. Auch da hielten sie ausgezeichnet.

»Gepfählt«, war der lakonische Kommentar von Reiber.

Beachtenswert war auch noch, dass das eher kleine Männlein in einer bekannten Gewandung steckte. Blau mit gelb. Seine Jacke war aufgeklafft und gab eine wattierte Weste frei, die gespickt war mit neckischen Posthörnchen. Zwei davon rüde durchstoßen. Da hatte es den Postboten erwischt.

»Der Überbringer von schlechten Nachrichten …«, murmelte Gerhard. Das war ihm grad so eingefallen.

In dem Moment trat eine Frau auf den Plan. Sie war sicher weit über die achtzig und eindeutig in der Phase des Schrumpfens begriffen. Ein Hutzelweibchen, von der Gerhard sich gut vorstellen konnte, dass sie früher sogar eher füllig war. Groß war sie sicher nie gewesen, auch wenn die Bandscheiben ja gerne mal zwei, drei Zentimeter nachgaben. Die Frau war höchstens eins fünfundfünfzig, aber ihre Stimme hätte locker für eine Zwei-Meter-Gestalt ausgereicht.

»San Sie der Kommissar?«

Gerhard nickte.

»Des Packerl is wieder ned dabei.« Das klang vorwurfsvoll.

»Welches Paket?«

»Auf des wo i wart.«

»Ah ja. Frau …?«

»Maria Mooslechner. Zankerl Mari, des is der Hausname.«

»Ah ja. Und der da?« Gerhard wies auf den Toten. Wind war aufgekommen, der an dem Pfahl zerrte und ihn in leichte Schwingungen versetzte. Ein bizarres Bild.

»Ja, halt der Poschtbot.«

Eindeutig, halt. Wenn auch tot. Ein toter Poschtbot. Gerhard sagte nichts.

»Und des Packerl is ned dabei«, fuhr Frau Mooslechner fort.

Frau Mooslechner schien der Todesfall in ihrer Tenne nur am Rande zu interessieren; das resolute Persönchen hatte wahrscheinlich im Laufe seines Daseins andere Lebensunbill erfahren. Kriegsgeneration, ganz klar.

»Frau Mooslechner …«

»Sagen S' doch Mari zu meiner.«

»Mari, Sie kannten den Postboten?«

Die Frau blickte ihn besorgt an. »Muas i doch, war ja der Poschtbot.«

»Und der heißt … äh hieß … wie?«

»Schorschi. Also Josef Mader.«

»Haben Sie ihn entdeckt, Mari?«

»Ja, weil des Poschtauto ewig vor der Tür war. I dacht, der hot eigschlofn. Außerdem wollt i des Packerl.«

»Ja klar. Aber der Schorschi war nicht im Wagen?«

»Na, er war doch oben auf der Bruck glegn.«

Reiber gluckste leicht.

»Warum eigentlich da oben?«, fragte Gerhard.

»Weil mir ausgemacht hamm, dass er Pakete da neilegt.«

»Aber das Packerl war doch nicht dabei?«

»Des ned, aber zwoa andere. Von meiner Schwester aus Tuntenhausen. Die schafft's ja nia ned, dass Weihnachtspackerl vor der Christnacht ankommen!« Das klang tadelnd.

»Mari, haben Sie denn was gesehen oder gehört?«

»Na, weil i ja au eigschlofn hob. In der Stubn. I woas a ned, wie lang der Poschtler da draußen scho rumliegt.« Sie drehte sich erstaunlich gewandt zu Reiber um. »Red der gar nix?« Das klang erst recht tadelnd.

Reiber schluckte, und dann entfuhr ihm ein Rülpser. Nun, Weißbier ist eben auch kohlensäurehaltig. Diese Lebensäußerung vonseiten Reibers schien Mari aber zu beruhigen, und sie wandte sich wieder an Gerhard. »Und was werd jetzt mit meim Packerl?«

»Das wird dann wohl ein anderer Postbote bringen«, sagte Gerhard.

»Ja, der Hans, der was der Springer is. Den mog i ned. Der brätscht immer über den Hof wie a Irrer. A Henne hot er mir a scho derfahrn. Und außerdem legt der die Packerl nia da nauf. Er legt immer so Kartl in den Kaschten. Als ob i meine Packerl abholn dad. Es gibt koa gscheite Poscht mehr. Bloß an Tresen im Bioladen oder im Getränkemarkt oder sonscht wo.«

Das Wort »Tresen« fand Gerhard beachtlich, genauso beachtlich wie eine erneute jugendliche Wendung auf den Hacken. »I muas weiterfüttern, ihr kennts in den Stall kemma.«.

Reiber und Gerhard sahen ihr verblüfft nach, wie sie unbeeinträchtigt vom Eis die Brücke hinunterstiefelte.

»Ich bewundere deine Gesprächsführung«, sagte Reiber und fiel auf die Knie. »Danke, dass ich nach Berlin durfte. Danke, du da oben. Danke, der du mich abberufen hast aus Bayern!«

Gerhard schüttelte lediglich den Kopf, rief die Spurensicherung an und bat die Kollegen, die Nachbarn zu befragen, ob sie etwas bemerkt hätten. Dann beugte er sich zu dem Toten hinunter. Und auf einmal entfuhr ihm ein Laut. »Reiber, schau mal da hin!«

Reiber ging in die Knie und hockte auf den Hacken. »Wo?«

»Na da!«

Im Heustaub des Tennenbodens war eindeutig zu lesen: R O L F, die Buchstaben etwas verwischt. Es schien, als hätte hinter dem ROLF noch etwas folgen sollen, ein paar Krakelspuren waren noch zu sehen.

»Verstorben, bevor er den Nachnamen auch noch hinschreiben konnte!«, rief Reiber. »Na, dann suchst du einen Rolf Mustermann, und schon hast du deinen Mörder. Das ist ja bestrickend einfach.«

Gerhard hatte die Stirn in seine üblichen »Ich-denke«-Rauhaardackelfalten gelegt. »Wie viele Rolfs gibt es in Deutschland?«

»Na, ich würde auf einen in der Region tippen«, sagte Reiber. »Hier sind doch selbst die Verbrechen etwas, äh, klein… äh kleingeistiger, äh, kleinräumlicher.«

»Also gut. Der Poschtbot hatte einen Feind namens Rolf. Was hatte Rolf mit Schorschi zu schaffen, und welches Kraut hat er ihm ausgeschüttet?«

»Ach, Weinzirl. Eigentlich tötet niemand einen Postboten! Das wäre ja, als würde man den Erzeuger von Schweizer Schokolade meucheln oder gar Bambi töten. Alle lieben Postboten, oder? Selbst in der anonymisierten Großstadt ist der Postbote doch so eine Art Fixstern. Ein Halt in der bösen Welt da draußen. Ein ritualisches … äh …« Doch, das Bier hatte Reiber gut getan, er war sprachlich und emotional noch immer auf der Höhe seines Schaffens.

Wohingegen Gerhard unsanft in der Realität angekommen war. Ein totes und gepfähltes Bambi, das hatte ihm gerade noch gefehlt. Und Rolf musste her.

»Dein Fixstern hatte sicher Einblick in so einiges Menschliche …«, sagte Gerhard gedehnt.

»Oder er vögelte Rolfs Frau!«, kam es herzhaft von Reiber.

»Sind das nicht Klischees? So wie die vom Skilehrer, der alles bespringt, was ihm in die Après-Ski-Bar kommt?«

»Ich war nie Postbote«, kam es von Reiber. »Ich kann dir nur sagen, dass unser Berufsstand wenig Freude hervorruft, und die Damen mit Tagesfreizeit bei meinem Auftauchen ihre Morgenmäntel ganz schnell wieder geschlossen haben.«

»Wie wahr! Denn geh mers an«, sagte Gerhard.

Angehen bedeutete, die resolute Mari nochmals zu befragen, während im Stall zwei Haflinger, zwei Goaßn, zwei Kühe und unzählige Hühner kauten bzw. pickten. Alles akkurat und picobello auf Maris kleiner Farm. Mari hatte nichts Neues beizutragen. Ihr Leben war ein langer gleichmäßiger Fluss, der nach ihren Aussagen lediglich von den Besuchen des Enkels und dessen Freundin – die mit den Haflingern – unterbrochen wurde. Als sie gingen, rief Mari ihnen noch nach: »Und denken S' an mein Packerl!«

Anderntags läutete Gerhards Telefon kurz nach acht. Mari fragte nach ihrem Packerl, wahrscheinlich war die Alte doch etwas dement. Jemand anderem hätte Gerhard ja eine Sendungsverfolgung via Internet angeraten, aber es war höchst unwahrscheinlich, dass Mari im Web surfte. Leicht entnervt hatte Gerhard aufgelegt. Im Laufe des Vormittags wurden die dünnen Ergebnisse zusammengetragen: Schorschi war ein eingefleischter Junggeselle gewesen, man munkelte sogar, schwul. Die Nachbarn, die sich sowieso als spärlich erwiesen und alle etwas entfernt von Maris Schattenhäusl lagen, hatten nichts gesehen. Die Gerichtsmediziner hatten am toten Schorschi Spuren eines Kampfes feststellen können, und die SpuSi hatte Reifenspuren von zwei Fahrzeugen sichergestellt. Die einen stammten unzweifelhaft vom Postbus, die anderen wahrscheinlich von »Rolf«.

Gerhards Team hatte recherchiert: Ein Rolf war ein Trachtenladen-Mogul, der andere ein Mogul der Kiesgruben – beide mit Alibi. Im weiteren Umkreis gab es unter anderem noch einen Rolf, der Hunde für die Bergwacht ausbildete – lauter unbescholtene Bürger mit wasserdichten Alibis. Deutschlandweite Rolfs waren hingegen uferlos vorhanden! Gerhard war mit Reiber in Schorschis Junggesellenbude gewesen, die in Weilheim nicht gerade im Vorzeigeviertel lag. Seinen Wohnstil konnte man getrost als puristisch bezeichnen; über irgendwelche todbringenden Aktivitäten gab diese Behausung keinerlei Auskunft. Den Nachbarn war er nie unangenehm aufgefallen. »Hat gelebt für seine Arbeit«, war unisono die Meinung gewesen.

Also machten sich Weinzirl und Reiber – der sonst nichts Besseres vorhatte – am nächsten Tag auf zur Arbeitsstelle, wo die fleißigen Postbienchen – die Assoziation drängte sich bei dem vielen Gelb einfach auf – Briefe und Packerl in ebenso gelbe Kisten sortierten. Ein sogenannter Gruppenführer – was immer man sich darunter vorzustellen hatte – fand die Frage nach eventuellen Affären höchst erheiternd.

»Der Schorschi?« Er lachte ein Alte-Gießkannen-Lachen. »Vergessen Sie es. Treudoof wie Nachbars Lumpi. Frauen hatte der keine.«

Gerhard fand das Bild etwas schräg. Er kannte nur »spitz wie Nachbars Lumpi«, und genau das war er ja gerade nicht gewesen, der Schorschi.

Der Führer lobte den Schorschi über den Schellenkönig. »Nie krank, immer fröhlich, immer hilfsbereit, hat seine Überstunden nicht mal abgefeiert. Hat gelebt für die Post. Mir ist das unverständlich, wie einer den Schorschi …«

Auch die anderen hatten nur gute Worte für den Toten. Ein Zauberwesen, dieser Schorschi, wirklich wie Bambi, nur leider tot.

Als sie unverrichteter Dinge das Gebäude verließen, stellte sich ihnen eine Frau in den Weg.

»Den Zirngiebel Hans müssen S' anschauen«, raunte sie ihnen zu. Gerhard nahm eine leichte Alkoholfahne bei der Dame wahr. Auch deuteten ihre Steckenbeinchen und der platte Arsch sowie die geplatzten Äderchen in ihrem Gesicht auf längeren Alkoholabusus hin. Erst nährt er, dann zehrt er …

»Der Hans will endlich einen Bezirk.« Der folgenden kryptischen Rede war am Ende zu entnehmen, dass besagter Hans der Springer war, der immer dort einsprang, wo Not am Mann war. Geadelt war man aber erst, wenn man einen festen Bezirk hatte.

Mordete man wegen so was? Eine Frage, die Gerhard an Reiber weitergab, der meinte: »Das ist eine kleine Welt. Gemordet wird wegen weit weniger. Fragen wir den Hans doch mal.«

Der Führer werkelte noch rum, er zeigte ihnen den Springer, der ein weißes Leihauto belud. Eindeutig eine Zweiklassengesellschaft. Der spannenlange dürre Hans war ziemlich pampig und am Mordtag im Nebenbezirk gefahren. Er hätte theoretisch gut einen Abstecher in Schorschis Gefilde machen können. Ortskundig war er auch, und ein abgelegenes Häusl war doch der perfekte Mordort.

Der Führer erwies sich als arger Judas und erklärte den Polizisten, dass man am Scanner genau sehen könne, zu welcher Zeit er was gescannt hatte. Ergab sich da eine lange zeitliche Pause, dann war Hans Zirngiebel in Erklärungsnot. Da war tatsächlich eine Lücke, und die Kommissare nahmen den Mann mit aufs Revier, wo er sich als überaus sperrig und wortkarg erwies. Aber auch der würde reden, das war nur eine Frage der Zeit. Morgen war auch noch ein Tag.

Gerhard sah am nächsten Tag aus dem Fenster. Heute würde er Hans mürbe kochen. Draußen fuhr ein Postauto. RO NK 777. Es rollte davon. ROooooo … Gerhard hatte den Hof der Verladestelle vor Augen. Die gelben Autos, die ausgeschwirrt waren wie die Bienchen. RO NK – und viele weitere Ronks. Gerhard stöhnte auf.

»Reiber, wir sind solche Erzdeppen! Granatenarschlöcher!«

»Du vielleicht!«

»Reiber, die Autos!« Gerhards Stimme brach.

Und dann lichtete sich der Nebel auch bei Reiber. »Alle Autos hier gehören zum Stützpunkt Rosenheim. Der Rolf ist ein RO LF mit Leerstelle. Was gefehlt hat, war die Nummer. Nicht der Nachname. Der Mann hat für die Post gelebt. So einer schreibt in einer postalischen Welt. Wir sind Erzdeppen! Oh, Scheiße!«

Gerhard raste zurück ins Postbüro, wo er sich zur Disponentin durchfragte. »Haben Sie Fahrzeuge mit RO LF, also Rosenheim LF.«

Die Dame sah ihn zwar zweifelnd an, klickte dann aber im Computer und sagte: »Nur eins: RO LF 678. Schöne Nummer, gell.«

»Sehr schön, ja. Und wer fährt es?«

»Das variiert, gell.«

»Wer hat es vor vier Tagen gefahren? Hans Zirngiebel?« Das wäre der Beweis!

Sie klickte wieder herum. »Nein, der nicht. Felix Mooslechner.« Sie strahlte Gerhard an. »Netter junger Mann, hat bei der Post gelernt, gell. Wir bilden ja auch aus, und unsere Azubis, gell, haben nur beste …«

Würde sie noch einmal »gell« sagen, er würde sie töten. »Reicht!«, würgte Gerhard die Lobesrede auf die Gunst einer Postausbildung rüde ab. »Und wo ist der gute Felix jetzt?«

»Er fährt die Tour vom Schorschi, gell. Gott hab ihn selig.« Sie presste ein paar Tränchen raus.

»Und wo ist er ungefähr jetzt?« Gerhard hatte sich nur noch mühsam unter Kontrolle.

»In Paterzell, gell.«

»Zur Mari!«, rief Gerhard Reiber zu, und sie stürmten davon.

»Mooslechner? Du hast den Namen vernommen?«, fragte Reiber, als sie im Auto saßen.

»Der Enkel von der Mari? Meinst du das?«, fragte Gerhard. »Dann muss die Mutter aber unverheiratet sein.«

»Oder geschieden. Lieber Weinzirl, gerade im christlichen Bayern …« Reiber ließ den Satz unvollendet.

Das Haus lag schon wieder im Schatten. Mari war gerade dabei, Kieselsteinchen über den vereisten Schnee zu verteilen. Als sie Gerhard und Reiber sah, wirkte sie enttäuscht. »Ach, Sie sans. Und i hob denkt, i pass auf die Poscht. Wegs dem Packerl.«

Die Alte nervte langsam wegen des Packerls. »Was ist denn so wichtig an dem Paket?«, fragte Reiber und setzte sein Schwiegersohnlächeln auf.

»Der red ja doch«, kam es von Mari.

»Das Paket?«, Reiber legte noch mehr Schmelz in seine Stimme.

»Des is immer für den Felix. Der lassts zu mir schickn, damit es ned verloren geht. Und dann holt ers.«

»Immer?«

»Ja, so einmal im Monat. Manchmal nimmt ers a glei bei der Poscht mit. Ned immer. Dann kimmts zu mir.«

»Was ist denn immer so drin?«, fragte Gerhard.

»Des woas doch i ned.« Das kam zu schnell.

»Mari, mir sind die Polizei. Mir müssen Sie sonst verhaften!«, sagte Gerhard.

Sie wand sich. Streute hektisch noch mehr Kiesel.

»Mari!«

»Mei, so Tabletten halt. Des Packerl war vor a paar Monat amoi offen, und da hob i neigseng. Waren Tabletten, so bunte. Auf einer is *Dom* gstandn, da hob i denkt, des isch was Christliches.«

Gerhard warf Reiber einen Blick zu.

»Mari, haben Sie denn noch so eine Tablette?«

»Na, eben ned. Drum wart i ja auf des Packerl!«

»Wie viele haben Sie denn genommen?« Gerhards Stimme zitterte ganz leicht.

»Ja bloß ganz wenig. Der Felix hat des ja ned merken dürfen. Und i hobs a bloß gnomma, wenn des mit meiner Hüfte ganz arg war. Und die Kreuzworträtsel hob i dann a viel besser gwisst.«

Der Enkel ließ sich Designerdrogen zur arglosen Großmutter schicken. Er hatte lediglich nicht einkalkuliert, dass Oma diese christlichen Tablettchen für ihre Hüfte einsetzte und für mehr Assoziationskraft im Silbenrätsel.

»Ich habe soeben meinen Glauben an Bayern verloren«, flüsterte Reiber Gerhard zu und lächelte Mari an. »Sie haben gar nicht erwähnt, dass der Felix auch bei der Post ist.«

»Ja, der guade Bua.« Sie strahlte.

Und wie aufs Stichwort fuhr der guade Bua vor. Im Rolf. RO LF 678. Er war ausgestiegen, überriss, dass hier etwas nicht stimmte, und wollte wieder in den Rolf springen. Doch da hatte er nicht mit der großstädtischen Behändigkeit Reibers gerechnet, der ihn überwältigte und den Arm auf den Rücken drehte. »Felix Mooslechner, wir verhaften Sie wegen des Mordes an Josef Mader.« Das kam zackig, wie im TV, Reiber spielte seine Rolle vorzüglich.

Mari begriff gar nichts mehr, hatte ihr Eimerchen fallen lassen und starrte mit offenem Mund.

»Aber des war ein Unfall«, wimmerte Felix.

Reiber ließ ihn los und donnerte: »Die ganze Geschichte, Bursche!«

Herrlich, wirklich fernsehreif, fand Gerhard.

Die ganze Geschichte war einfach. Der Jung-Poschtler Felix dealte ein bisschen mit Drogen. Motto: »Wissen Sie, wie wenig ich bei der Post verdien?« Und einer Poschtlerlogik folgend, verdächtigte er den Alt-Poschtler Schorschi, die Pakete aufgemacht zu haben. Der hatte ja auch die perfekte Gelegenheit gehabt. Grund: »So gut wie der drauf war, so aufdraht, so ist man nicht bei dem Scheißjob, wenn man nicht Drogen nimmt.«

Er hatte Schorschi abgepasst, zur Rede gestellt, man hatte sich ein wenig geschubst und angepöbelt, und da war der Schorschi auf dem Eis ausgerutscht, ins Taumeln geraten, hatte sich am Tisch festgehalten, ein Pfahl war weggespickt und der Schorschi mitten hineingestürzt. Felix war panisch geflüchtet. Der arme Schorschi war aber noch gar nicht mausetot gewesen, sondern hatte sich wohl noch aufrichten können, R O L F schreiben, und war dann in seiner finalen Liegeposition verendet.

Mari hatte zugehört. Sie war von ihrem Hutzelstatus nochmals um rund zwanzig Jahre gealtert und sah nun in etwa aus wie die Mumie Jopi. »Aber der Schorschi hot doch nia ned was agrührt. Des war doch i!«

»Du warst das, Oma?«, flüsterte Felix.

»Ja, die Schmerzen in der Hüfte waren weg. In der Schulter a. Bua, was machsch du denn für Sachen?«

Nachdem Felix abgeführt worden war – Unfall hin oder her, wegen unterlassener Hilfeleistung würden sie ihn auf jeden Fall belangen und wegen der Drogen –, hatte sich die Oma etwas gefasst. Als Gerhard und Reiber sich verabschiedeten, sagte sie lange nichts, bis sie schüchtern fragte: »Kimmt jetzt nia mehr so a Packerl?«

***

PS: Postler Hans wurde sofort freigelassen. Sein eisernes Schweigen und die Zeitdifferenz fanden doch noch eine Erklärung. Er hatte eine Frau mit Tagesfreizeit beglückt. Die Gattin vom Gruppenführer!

Die drei Musketiere

Flori, Fonsi und Fritzi saßen auf der Mauer. Sie blickten hinüber zu jenen Menschen, die alle einem Mann zuhörten, der ein Kleid trug. Sie betrachteten den Mann, der nun mit einer Klobürste wedelte. Nach und nach kamen andere Menschen und wedelten ebenfalls mit der Klobürste über einer großen braunen Kiste. Es gab viele Blumen auf der Kiste und rundherum, und manche der Anwesenden warfen auch mit Blumen und wedelten dann mit der Klobürste hinterher.

Flori, Fonsi und Fritzi saßen nachdenklich auf der Friedhofsmauer. Nicht dass sie das zum ersten Mal gesehen hätten, aber dieses Mal war es so nah. So nah, dass eine Frau sogar zu ihnen »huschkuschkusch« hinaufgezischt hatte und dass sie abhauen mögen. Pietätlos sei das, hatte sie gezischt. Speziell Flori verstand das nun gar nicht. Er war schwarz gewandet und hatte einen weißen Kragen. Das hatte der Mann mit dem Kleid auch. Fonsi hatte graue Streifen an, so einen Mantel trug die Dame ganz links ebenfalls, und Fonsi hatte eindeutig eine bessere Figur. Und Fritzi, nun ja, Rot war vielleicht zur Stunde etwas unpassend, aber Fritzi hatte sein Outfit extra den ganzen Morgen gewaschen. Intensiv. Was er sonst selten tat.

Flori, Fonsi und Fritzi blieben trotz des Zischens, sie machten sich alle etwas flacher. Flori klappte die linke Pfote ein, Fonsi die rechte und Fritzi alle beide, was ihm immer ein wenig das Aussehen einer Ente gab. Aber so waren sie doch pietätvoll-dezent und konnten weiter zusehen. Hannelore hatte einen Hut mit einem Schleier auf, den hatte sie die letzten beiden Male noch nicht getragen. Sie hatte bei den letzten beiden Malen aber auch keinen Arzt benötigt, dieses Mal ja. Er hatte eine Nadel in Hannelore gestochen, danach war sie sofort eingeschlafen. Am nächsten Tag hatte sie kleine rosafarbene Tabletten eingenommen, sie spuckte die aber nicht aus, wie das Flori, Fonsi und Fritzi taten, wenn es angeblich um die Entwurmung ihrer Astralkörper ging. Sie konnten selbst pulverisierte Tabletten aus dem Geleefutter extrahieren. Hannelore hatte das hingegen erst gar nicht versucht. Hannelores Schwester Edeltraut stützte Hannelore neben der braunen Kiste ab, Hannelore wankte und schwankte wie eine Zitterpappel, sie hatte auch an Gewicht verloren und war vorher schon nicht gerade stark gebaut gewesen.

Flori, Fonsi und Fritzi hatten Mitleid mit Hannelore. Dass sie dieses Mal aber auch so litt! So hatte sie eigentlich nur gelitten, als Ferdl überfahren worden war. Da war sie wochenlang wirklich gebrochen gewesen. Flori auch, er hatte seinen Bruder Ferdl ja ebenso geliebt! Bei Erwin war es für Hannelore nicht so schlimm gewesen. Fand zumindest Flori, der hier der Dienstälteste war. Vor zehn Jahren war er eingezogen, kurz darauf hatte er die beiden tiefen Risse in seinem linken Ohrwaschl bekommen, weil der dämliche Siamese des Nachbarn mit dem noch dämlicheren Namen Jackie Chan sich darin verbissen hatte. Damals, vor zehn Jahren, war Flori noch kein Jahr alt gewesen und hatte voll im Saft gestanden. Den Saft hatten sie dem Flori mit einer Freifahrt zu einer grauenvollen Frau mit einem großen roten V auf dem Haus dann letztlich auch genommen. Und fürderhin konnte er Erwins Gummistiefel nicht mehr markieren, die Autoreifen genauso wenig und Hannelores Regenjacke ebenfalls nicht. Und dann war Erwin plötzlich weg gewesen. Auch er war in so eine Kiste gepackt worden, die Menschen hatten etwas von »Herzinfarkt« und »nicht absehbar« gemurmelt, und Hannelore war traurig gewesen, ein halbes Jahr war sie wirklich ein wenig traurig gewesen. Das hatte Flori gespürt, wenn er nachts in ihrem Bett wegen ihres Weinens immer aus dem Schlaf und seinen Träumen von Wühlmäusen gerissen wurde.

Flori fand, das verging recht schnell, durch die Hintertür kam sehr bald Sepp, der Getränkefahrer, packte seine Kisten im Keller aus und brauchte dafür ungewöhnlich lange. Nach eineinhalb Jahren, wegen des Trauerjahrs und einer pietätvollen Zugabe, kam Sepp dann auch über die Vordertür. Und Flori flog raus. Flori, der Alleinherrscher im Haus, flog raus. Und warum? Weil Sepp Katzen hasste, weil er jedes Mal bei Katzenkontakt so drollig zu niesen begann. Und weil er dann mit seinen roten Augen wie ein Basset mit Augenentzündung aussah und zudem lustige Punkte bekam, die er sich nachts blutig kratzte. Da war das ein Baum von einem Kerl und so was von empfindlich! Sepp hätte ja gewollt, dass Flori ganz verschwinden müsse, da hatte sich Hannelore aber durchgesetzt und Flori im Gartenhaus einen alten Rattanstuhl mit Decken aufgebaut. Was für eine Schmach! Und im Winter war es arktisch, trotz Decken, und dieser Sepp behauptete, Katzen mit Winterpelz würden nicht frieren. Woher wollte dieser Idiot denn wissen, ob er fror! Da Flori aber die Kunst des tragischen Schauens beherrschte und die Kunst des Heulens wie ein mondsüchtiger Wolf und weil Hannelore Nachbarn hatte, die genau das nicht hören wollten, ließ sie ihn rein, wenn Sepp nicht da war. Das Schlafzimmer blieb zwar zu, aber man konnte sich genüsslich im Teppich wälzen und schütteln, dass die Haare sich hinter den Büchern im Regal verkrochen. Und putzen konnte man sich wie wild und ein bisschen die Wohnzimmercouch mit dieser eleganten Bewegung aus dem Mundwinkel markieren. Wenn das Auto vom Sepp vorfuhr, packte Hannelore Flori und setzte ihn hinaus.

Flori sah Sepp niesen, und der wurde immer asthmatischer, Flori hörte ihn häufig brüllen: »War das Scheißvieh im Haus?« Was Hannelore immer verneint und darauf verwiesen hatte, dass er ja auch auf Haselnüsse, Ananas, Thunfisch und Pollen allergisch sei. Und eines schönen Tages war er tot. Übel war ihm gewesen, erbrochen hatte er, was bei Menschen wirklich unschön aussah – und roch. Dann hatte er Sehstörungen, bekam akute Atemnot und der Puls wurde flach. »Anaphylaktischer Schock« hatte der Mann mit der braunen Tasche gesagt. Und der kreischend laute Wagen war dann abgedreht, dafür kam dann später ein rabenschwarzer Wagen, der brachte eine unförmige braune Kiste und holte sie auch wieder ab. Wie bei Erwin damals auch schon.

Flori war dann wieder auf der Friedhofsmauer gesessen und hatte den Mann mit Kleid und Klobürste beobachtet. Da hatte er Fonsi und Fritzi kennengelernt, damals zwei erbärmlich aussehende und stinkende halbwüchsige Brüder, damals noch ohne Namen. Und ohne Zuhause. Und weil er an dem Tag doch ein wenig melancholisch war, da Hannelore schon wieder so viel weinte, lud er die zwei zum Essen ein. Das ging ein paar Tage so, bis Hannelore, entsetzt über den Schnupfen der Brüder, deren wund gekratzte Ohren und den Durchfall, dann beschloss, mit ihnen zu der Frau mit dem V zu fahren. Die Jungs wurden generalsaniert gegen Katzenschnupfen, Ohrmilben und Dünnpfiff. Sie erholten sich prächtig, bekamen die Namen Fonsi und Fritzi und Flori die Aufgabe, zwei so junge Katerdeppen zu erziehen. Aber die beiden taten Hannelore gut, sie lachte wieder, wenn sie rauften, sich auf die Nasen hieben, wenn sie Weinkorken jagten und dann erschöpft Arsch an Arsch einschliefen. Sie wurden dann auch enteiert, und das ergab ein prima Trio. Oder Quartett. Hannelore unter der Decke, Fonsi im Fußraum, Fritzi im Nacken und Flori seitlich in stattlicher Länge ausgebreitet.

Für Flori, Fonsi und Fritzi hätte alles so bleiben können, aber Hannelore musste ja auf Zuraten ihrer Schwester so eine komische Maschine kaufen, die man aufklappen konnte, und dann ganze Abende in Chatrooms verbringen, wie Hannelore das nannte. Was immer das war. Jedenfalls brachte es dem Quartett Ludger ein. Wenn einer schon Ludger hieß! Und als hätte sie da ein Händchen, war der auch wieder so eine störungsanfällige Fehlkonstruktion, die nieste und schnupfte. Und weil Hannelore sich wohl tief drinnen doch ein wenig die Schuld gab für das Ableben von Sepp – hatte sie den allergenen Flori doch immer eingelassen – war nun Ende im Gelände. Keine Katzen im Haus. Im Schuppen gab es zwar mehr Decken und einen neuen Kratzbaum, und es wurde besseres Futter ausgegeben, aber so leicht ist Katz nicht manipulierbar! Aus der Erfahrung mit Sepp zog Flori sein Team zusammen und instruierte es sorgfältig. Menschen waren nun einmal faul und verplant. Da stand eben doch mal eine Türe offen: rein, wälzen, schütteln, lecken. Da war ein Fenster zum Lüften weit geöffnet: rein, wälzen, schütteln, lecken. Da wartete der Korb mit der frischen Bettwäsche: großartig! Rein, wälzen, schütteln, lecken. Es war zugegeben etwas anstrengend, immer so auf dem Sprung zu sein, aber für ein höheres Ziel mussten Opfer gebracht werden.

Flori, Fonsi und Fritzi wussten, dass Ludgers Luftröhre von Eisenklammern umschlossen war, seine Bronchien wurden immer desolater. Das Trio wurde immer besser, im Einschleichen-ins-Haus und im Sich-Verpissen und In-den-Schuppen-Zurücksausen. Darin, dort dann ganz unauffällig zu liegen und gelangweilt ein Auge zu öffnen, wo der Puls eigentlich raste. Aber das bemerkte Hannelore nicht, weil sie es nicht bemerken wollte. Ludger jedoch war zäh, zäher als geglaubt. Es ging auf den Winter zu, langsam musste was passieren. Was es dann tat. Er brach endlich doch an seinem Asthma. Flori, Fonsi und Fritzi hingegen atmeten auf. Es war immerhin schon November, und die letzten Nächte waren bereits sehr ungemütlich gewesen. Dass Hannelore nun so traurig war, nun, das musste man als Kollateralschaden eben hinnehmen. Sie drei würden ja alles tun, um Hannelore zu trösten.

Flori, Fonsi und Fritzi lagen immer noch entspannt auf der Friedhofsmauer an diesem milden Spätherbsttag. Ein schöner Tag zum Beerdigen. Die Frau, die vorher so gezischt hatte, sagte gerade zur Schwester: »Nun verliert sie den zweiten Mann wegen Atemproblemen. Tragisch. Sonst kriegen s' doch eher Krebs. Jetzt ist sie wieder allein.« Na, allein war sie ja nicht, hatte sie doch Flori, Fonsi und Fritzi. Die Schwester zischte nun auch: »Besser allein als nochmals so eine Trauerfeier. Das steht sie nicht mehr durch.«

Flori, Fonsi und Fritzi hörten das nur zu gerne. Und es blieb dabei. Hannelore erholte sich, sie fuhr nach Spanien in Urlaub, die Schwester hatte die Aufgabe, die Kater zu füttern. Und wie Flori, Fonsi und Fritzi so fraßen, sagte sie: »Na, ihr Felldeppen, jetzt habt ihr euer Frauchen wieder für euch.«

Und die Felldeppen Flori, Fonsi und Fritzi streckten sich, schauten huldvoll und legten sich ins Bett. So ganz recht hatte die Schwester allerdings leider nicht behalten: Als Hannelore wiederkam, währte die Freude nur kurz. Natürlich umstrichen die drei Hannelores Beine, und sie spürten, dass Hannelore irgendwie unter Strom stand. Sie sah immer wieder zu ihrem Auto. Sie hatte doch nicht? Hatte sie nun einen feurigen Spanier mitgebracht? War alles umsonst gewesen? Hannelore streichelte ihre Kater und murmelte etwas davon, dass man sich doch bestimmt verstehen könne. Und dann ging sie aufs Auto zu. Stieg nun Pedro – oder wie feurige Spanier so hießen – aus? Aus stieg etwas Beiges, sie hatte einen Hund aus der Tötungsstation mitgebracht. Einen Hund! Ein Tier, das nicht auf ein Katzenklo gehen konnte, das man zum Scheißen hinausführen musste und das wie bekloppt mit dem Schwanz wedelte. Das war der Supergau! Wie war denn so etwas elegant zu eliminieren?

Flori, Fonsi und Fritzi saßen auf der Mauer, auf der Friedhofsmauer. Ein inspirierender Ort. Sie würden hier nachdenken müssen, denn Katzenhaarallergiker war der kläffende Spanier leider nicht.

Der Krätta-Mann

Seine erste Assoziation war Hannibal Lecter. Lecter, der einen Helm aus Stahlstreben trug. Dieser hier trug allerdings einen Weidenkorb über dem Schädel.

»A Ma mit Krätta isch gfunda«, hatte der Kollege Bäuerle gesagt. Lars Oeding war nun schon seit einem halben Jahr in Günzburg ansässig, und sprachlich hatte er schon einige Waterloos erlebt. Die hier konnten wirklich alles außer Hochdeutsch, und sein Sohn Björn sagte auch schon »i« und »isch«. Als die Nachbarin ihn erstmals mit Björnle ansprach, war Lars nahe dran gewesen, vom Glauben abzufallen. Was im Falle eines Elmshorners natürlich der protestantische war. Und doch, die Familie hatte sich gut eingerichtet hier, Margit, Björn und er. Sie radelten viel und häufig durchs weite Donaumoos, ins bucklige Südbayern wäre er nie gegangen. Hier wogten wenigstens Getreidefelder, hier schlängelten sich Altwasserarme, manchmal fischelte es etwas aus brackigem Wasser. Grad Heimatgefühle hätt man kriegen können.

Jedenfalls knieten sie nun neben dem Mann, der mit einem seltsamen Kopfgitter auf dem Radweg entlang der Kopfweiden lag; und sie lauschten den verquasten Ausführungen eines kleinen Männleins, das einfach nur das sein konnte, was es auch war. Biologie- und Erdkundelehrer a. D. und Insektenforscher. Im Mulm hatte er den Toten gefunden, im Mulm, jawoll, das hatte er angegeben und den etwas sparsam dreinblickenden Kollegen auch gleich aufgeklärt.

»Wenn Holz sich zersetzt, setzt die Humifizierung ein, und dann spricht man nicht mehr von Holz, sondern Mulm, der aus Holzspänen und Kot der Totholzinsekten besteht.« So, der Tote hier lag also mit einem merkwürdigen Krätta auf dem Kopf in Insektenscheiße! Lars hätte sich einen schöneren Tod vorstellen können.

Der a. D. hatte sich heute in morgendlicher Nebelfrühe aufgemacht, ein paar Mulmhöhlen zu inspizieren. »Ein seltenes Habitat für Xylobionten«, quietschte er. Und weil wieder alle so unschlau aussahen, erklärte er, dass diese ausschließlich von Holz leben könnten. »Ein Juchtenkäferlein, der Eremit, ist mein Begehr. Und flugs hätt ich es aufgespießt für meine Sammlung.« Seine Piepsstimme machte das Ganze auch nicht besser, als Lehrer war der mit Sicherheit eine ganz arme Sau gewesen.

Dem Mulmfan wurde es dann auch etwas mulmig, als er realisierte, dass er verdächtig war. Ortskundig, als Erster am Tatort … Er beteuerte, den Mann doch gar nicht zu kennen, er verwies auf sein Pazifistentum. Das war ja wohl ein Witz, dachte Lars. Einer, der Lehrer gewesen war und zudem Tiere aufspießte, konnte niemals ein Pazifist sein! Sie entließen ihn am Ende. Noch immer waberten die Nebel, und aus den Schwaden spitzten die Kopfweiden wie schlecht frisierte Struwwelpeter. Irgendwie gruselig, fand Lars. Baumhaarige Schädel, Fratzen, mulmig eben.

Der Tote war ein ordentlicher Mensch gewesen, er hatte ein Portemonnaie dabei und seine ganze Identität: Ausweis, Führerschein, Krankenkassenkarte, Mitgliedsausweis beim Kleintierzuchtverband. Noch ein Insektenforscher? Die Kollegen sicherten Spuren, der Arzt konnte außer dem seltsamen Kopfschmuck auch nichts feststellen, der Mann entschwand im Zinksarg in Richtung Ulm, und der Wagen wurde vom Nebel verschluckt. Lars und Bäuerle machten sich auf zur Adresse des Toten, die sich als kleines Häuschen im Eternitgewand entpuppte. Als sie das Gartentor aufstießen, rollte eine Invasion auf sie zu. Rollte?, nein, sie hoppelte. Lars glaubte, noch nie solch riesige Hasen gesehen zu haben. Als der eine dann auch noch Männchen machte, konnte er ihm fast in die Augen sehen. Kleintierzuchtverband war gut, das hier waren Hasen groß wie Ponys! Bis auf die insgesamt zweiundzwanzig Riesennager lebte der Mann allem Anschein nach alleine.

Kaum hatten sie sich etwas ratlos umgesehen, trat eine Dame auf den Plan, die vorgab, den Gehweg zu kehren. Ja, die schwäbische Kehrwoch sowie die schwäbische Neugier hatten viel Schönes. Die auskunftsfreudige Dame berichtete eifrig, dass ihr Nachbar in der Dämmerung gegangen sei, das wisse sie, weil sie ja auch früh aufstehe. Der frühe Vogel, sie kicherte albern. Sie erfuhren, dass der Nachbar, der Herr Erwin, verwitwet sei. Alles in allem sei er an sich ein guter Mann und Nachbar. Nur die Hoppler gruben sich zuweilen mal durch. Der Rentner hätte einen kleinen Nebenjob, ab und an fuhr er den Kleinbus der Behindertenwerkstätte, früher war er nämlich den großen Bus der Stadtwerke gefahren.

»Und wo isch er jetzt, suchet Sie ihn?«, fragte die Frau.

Da der Todesfall in der Zeitung stehen würde und sie schließlich mal Bewegung in den Krätta-Mann bringen mussten, vermeldeten sie seinen Tod. Ohne Details natürlich. Bloß, dass er heute früh am Radweg gefunden worden war. Der Frau stand der Mund offen, auch die Nasenflügel irgendwie, und dann stieß sie aus.

»Der arme gute Erwin. Dann hot sie ihn verhext, de Hex.«

Einige Nachfragen später war klar: Die hier war die gute Nachbarin, die auf der anderen Seite war die böse. Die war die Hex. In der Siedlung bekannt für ihr Tun.

»So eine hätten s' früher verbrennt.«

Sie bedankten sich, wollten sich schon umdrehen, als die Dame ihnen den Besen vor die Beine knallte. Dieser war so ein Reisigbesen, sah auch aus wie aus Kopfweidenzweiglein gemacht und schmerzte auf dem Schienbein. Na, wer war denn hier die Hex?

»Halt! Und wer füttert die Hasen vom Erwin und bringt sie in den Stall?«

»Sie?«, sagte Lars vorsichtig.

»Gwies it«, rief sie und drehte ab, indem sie sich wie beim Stangentanz um den Besen wand.

»Ich ruf nachher das Veterinäramt an, sollen die sich was ausdenken«, grummelte Bäuerle. »Gehen wir zur Hex.«

Die Hex wohnte im letzten der Häuschen, ihres grenzte an Wiesen an, und am Horizont ragten schon wieder diese Büschel empor, allmählich begann Lars diese Kopfweiden zu hassen. Irgendwie hatten sie ein Déjà-vu, denn die Monsterhasenmutanten kamen ihnen auch hier entgegen und mit ihnen eine zierliche Frau mit sehr roten lockigen Haaren, die um die fünfzig war. Ein zotteliger Hund folgte ihr, keine schwarze Katze. Einen Hexenbesen hatte sie aber auch, der war fast identisch mit dem, den sie vor die Schienbeine bekommen hatten. Sie war Lars' Blick gefolgt.

»Ja, ja, ich bin die Hex, das ist mein Besen. Was kann ich für Sie tun?« Sie beäugte Bäuerle. »Sie haben Probleme mit Ihren Gelenken, und Sie«, sie sah Lars an, »könnten auch was für Ihre Leber tun. Nicht dass Sie der Typ für Alkoholabusus wären, aber Sie hatten mal Hepatitis, oder?«

Lars war platt. »Sind Sie Hellseherin? Oder Ärztin?«

»Nein, Heilpraktikerin, und gegen so manches ist ein Kräutlein gewachsen oder ein Baum.« Sie wies in Richtung der Wuschelköpfe. »Weidenrinde. Bereits bei Hippokrates war ihre Wirkung gegen Schmerzen und Fieber bekannt. Schon Hildegard von Bingen empfahl im 12. Jahrhundert Weidenrindentee gegen Fieber, Gicht und Gelenk-Rheumatismus. Die Weidenrinde enthält Salicin, das nach der

Magen-Darm-Passage im Blut und in der Leber nach und nach ohne Nebenwirkung in die wirksame Salicylsäure umgewandelt wird. 1899 gelang die synthetische Herstellung der Salicylsäure, es kam Aspirin. Ich nehm immer noch lieber die natürliche Variante, Weidenrindenextrakt. Und das ist keine Hexerei.« Sie lachte.

»Sie sind also oft bei den Weiden?«, fragte Lars.

»Fast täglich. Salix alba, die Silberweide ist ein zauberhafter Zeuge unserer Kultur. Man hat diese Weiden jahrhundertelang abgeschnitten, um diese typische Kopfform zu erzielen. Dass sie heute so struppig aussehen, liegt daran, dass sie keiner mehr pflegt. Früher hat man aus den Weidenästen Körbe geflochten, Besen gebunden, Zäune geflochten. Das mit den Zäunen versuch ich heute noch, aber die Invasion der Nager zerlegt sie.«

»Das sind die Hasen Ihres Nachbarn?«

»Ja, die untergraben jede Autorität profaner Grenzen. Und Hasen! Das sind keine profanen Hasen. Das sind Deutsche Riesen, das sind Bundessieger! Da versteht er keinen Spaß, der Herr Nachbar!«

»Um den Nachbarn geht es. Kripo«, Bäuerle zückte die Marke und berichtete vom Tod des Mannes. Die Reaktion dieser Besenbesitzerin war ganz anders.

»Es gibt noch Gerechtigkeit! Das Aas ist tot!«

»Sie mochten ihn weniger?«

»Er war ein Faschist.«

»Harte Worte.«

»Wussten Sie, dass er von den Werkstätten im Moos die Busse gefahren hat?«

»Das wurde uns gesagt.«

»Er hat diese Menschen als Behindis, Spastis und Deppenpack beschimpft. Sie hatten Angst vor ihm. Er hat Vollbremsungen gemacht, damit sie nach vorne fliegen, und Nazimärsche im Bus gespielt.«

»Woher wissen Sie das?«

»Meine Freundin Karlotta arbeitet dort als Pflegerin. Die Werkstätten nutzen die Kopfweiden. Sie binden zum Beispiel Besen. Erwin, das Aas, hat sie dorthin gefahren, wo die Zweige geschnitten werden. Ich war mehrfach Zeugin seiner Attacken. Mich hat er auch bedroht.«

»Und deshalb haben Sie ihn umgebracht?«

»Ich lebe seit fünfzehn Jahren neben diesem Unmenschen, warum sollte ich ihn gerade jetzt umbringen?«

»Der berühmte Tropfen, der das Fass … Sie wissen schon.« Bäuerle knurrte. »Wo waren Sie heute Morgen?«

»Sehr früh im Moos, später hier.«

»Allein?«

»Ja.«

»Was gesehen?«

»Nein.«

»Was gehört?«

Na, das war ja mal eine Minimalkonversation zwischen Bäuerle und der Hex, dachte Lars.

»Den Schrei des Käuzchens.«

»Wie bitte?«

»Steinkäuzchen leben in den Kopfweiden. Steinkäuzchen sind wie alle eulenartigen Hexenvögel!« Sie lachte hell.

Lars mischte sich nun ein. »So witzig ist das nicht. Sie waren am Tatort. Sie mochten den Mann nicht.«

»Den mochten viele nicht.«

Das ging eine Weile so hin und her, bis die beiden Kommissare unverrichteter Dinge abzogen. Bäuerle drehte sich noch kurz um. »Füttern Sie die Hasen?«

»Klar, die Viecher können ja nichts dafür.«

So weit, so unerfreulich. Die Spurensicherung hatte auch nichts finden können. Der Tatort war eine beliebte Wander- und Radlstrecke, dort gab es Hunderte von Spuren. Am späten Nachmittag kam aus der Rechtsmedizin ein Anruf, dass der Mann an einem Herzinfarkt gestorben sei. Kein Wunder bei seinem schlechten Herzen. Trotz des komischen Kopfschmucks, auf den Lars immer wieder hinwies, beschlossen Staatsanwaltschaft und Bäuerle den Fall ad acta zu legen. Ein fader Einstieg in seine Tätigkeit in Schwaben, fand Lars. Warum merkten die nix? Die sagten hier doch sonst so oft in einem verschwörerischen Ton: »Des hot so a Gschmäckle.« Das hier hatte ein Gschmäckle, aber man wandte sich anderem zu, verwendete seine Geschmacksknospen auf Grillabende und Spätsommerfeste, auf Trollinger und Lemberger.

***

Am Abend, als die Nebel wieder aufzogen, ging die Hex, die Haare unter der Wollmütze verborgen, zu den Kopfweiden. Sie spähte umher, bei dem Wetter war keine Seele unterwegs. Sie erkletterte eine Bank, reckte sich und zog aus der Mulmhöhle ein kleines Abspielgerät. Gottlob, das hatte die Polizei nicht gefunden. Dann griff sie zum Handy. »Karlotta, alles klar. Ich verbrenn die Utensilien mal lieber.«

Zu Hause holte sie dann zwei hölzerne Fratzenmasken mit zu Berge stehenden Zweigen aus dem Schuppen. Von ganz weit hinten. Zwei Gewänder mit aufgenähten Blättern, die raschelten und zuckten, hatte sie dort auch versteckt. Gut, dass ihr Kachelofen eine große Schür hatte. Und dann brannten die Stoffe, die Blätter und das Holz auch sehr gut. Grad erhebend war das prasselnde Geräusch. Bevor sie die kleine Kassette dazuwarf, wollte sie es noch einmal hören.

Das Käuzchen rief. Es rief ganz kläglich. Dann heulte etwas wie aus dem Orkus. Nun sprach die Stimme aus dem Jenseits. »*Sie werden dich kriegen. Sie werden dich finden. Du quälst andere. Das mögen sie nicht. Die Dämonen der Finsternis haben dich längst.*« Und es heulte wieder, diesmal wie der Hund aus Baskerville. Das war ihr so gut gelungen! Es war wirklich jedes Mal schauerlich, wenn Willi so heulte, bloß weil er einen Diättag hatte. Notwendig in seinem Alter und bei dem Übergewicht, hatte der Tierarzt gesagt. Sie hatte das irgendwann mal aufgenommen. Sie und Karlotta hatten den bösen Busfahrer nur erschrecken wollen. Wegen der Leutchen von Karlotta. Dass er dann so dumm in seinen Krätta, wo er immer Löwenzahn für seine Riesen sammelte, gefallen war, konnte ja niemand ahnen. Nun ja, Karlotta hatte schlechte Nerven, hatte gewimmert, dass sie das doch nicht gewollt hatte. Die Hex hatte ihr einen beruhigenden Tee verpasst, sie heimgeschickt und ihr ewiges Schweigen abverlangt. Karlotta war allemal unschuldig. Sie hingegen, die Hex im Dorf, hatte sehr wohl gewusst, dass der Mann ein schlechtes Herz hatte. Ein sehr schlechtes sogar. Von seinem Hausarzt wusste sie das. Der gute Onkel Doktor kam des Öfteren wegen seiner Migräne im Schutze der Nacht zu ihr, um sich Hilfe zu holen. Aber das durfte er als Schulmediziner natürlich nicht an die große Glocke hängen, er hätte seine Chemiekeulenrezepte ja ad absurdum geführt.

Die Hex lächelte: Verhexen war heutzutage doch Mumpiz! Gute Information war hingegen das Gebot der Stunde. Die Hex war einfach nur gut und prägnant informiert gewesen … Und so lauschte die Hex zusammen mit ihrem Hund Willi, der heute keinen Diättag hatte, und zweien der Riesen, die partout nicht heimwollten, auf der Couch dem prasselnden Feuer. Herrlich!

Augen auf beim Austreten!

Laura riss die Hand zurück. Sie unterdrückte einen Schmerzensschrei. Sie hatte in Stecknadeln gegriffen. In fiese, spitze Stiftchen. Es waren solche ohne die bunten Köpfe, jene, die man von frisch gekauften Hemden kannte, wo sie Ärmel und Krägen in Fasson hielten und die sich einem dann in den Körper bohrten, obwohl man hätte schwören können, bereits Hunderte entfernt zu haben. So was steckte nun in Lauras Finger. Winzige Blutströpfchen benetzten einen ihrer BHs. Den guten, den mit der Spitze. Einen, den man normalerweise in einen Kopfkissenbezug stopfte, um etwaige flüchtige Bügel davon abzuhalten, sich in die Waschmaschine abzusetzen. Aber es musste ja immer schnell gehen. Jedes Mal, wenn sie den Waschraum betrat, befiel Laura ein Adrenalin geschwängertes Herzklopfen, das schlimmer war, als jenes bei ihrer Prüfung zur examinierten Krankenschwester gewesen war. Heute ging ihr Herz wie ein Hammer, als sie in die Nadeln griff.

Die Schweiz: Heidi, präzise Uhren, Schoki, hohe Berge und eine lustige Sprache, wo der zähe Verkehr als harzig galt, man auch parkierte statt zu parken, wo man Velo fuhr und in ein Natel sprach. Das hatte Laura von der Schweiz gewusst, auch, dass man besser verdiente und dass in Krankenhäusern ein menschlicherer Umgang gepflegt wurde als in den deutschen Häusern, wo der Druck gnadenlos von oben nach unten lief. Die ganz oben waren ja selber lange unten gewesen. So war Laura ins Kantonsspital nach Winterthur gelangt, und sie empfand das Arbeiten wirklich als Freude, man saß beim Mittagessen tatsächlich auch mal neben dem Herrn Professor, der sich in den Gängen auch von Angehörigen von Patienten ansprechen ließ. Einfach so. In Deutschland wäre das nie möglich gewesen, dort glichen die Ärzte ja ab dem Oberarzt Trappistenmönchen, die ein Schweigegelübde abgelegt hatten ... Nein, es war erfüllend hier, zumal Lauras Freund Tiago einen Job als Kellner bekommen hatte, bei dem er ebenfalls gut verdiente. Für den Portugiesen, der eigentlich Ingenieurswesen studiert hatte, fühlte sich das hoffnungsvoll an, denn in Portugal stürzten seine Freunde reihenweise ab, bei einer Jugendarbeitslosigkeit von 60 Prozent. Alles gut, wenn da nicht die Sache mit dem Wohnen gewesen wäre. Die Schweiz war ein reiches Land, ein enges Land, in dem Wohnungen Mangelware waren. Bezahlbare zumindest. Es hatte zu einer in einem Block gereicht. Also ein echter Brennpunkt war es noch nicht, aber zu den Villen an den Ufern am Zürisee klaffte ein Abgrund tiefer als der Marianengraben und zu kleinbürgerlichen Häuschen immer noch einer so hoch wie das Matterhorn, bloß andersrum gerechnet.

Laura und Tiago waren also eingezogen: zwei Zimmer, eine kleine Küche, ein fensterloses Bad, ein angepappter Minibalkon. Aber das reichte, es war ein eigenes Reich. Tiago hatte gerade ein paar Reste aus seinem Restaurant erwärmt, da läutete es, als stünde der Einmarsch von sonst wem bevor. Wer dort an der Tür stand, war der Hauswart Beat Egli, der Laura zur Seite stieß und schnurstracks in das Bad stampfte. Er wies mit spitzem Zeigefinger auf die Waschmaschine. »Das isch verboten. Sie werden polizeilich verzeigt.« Und mit Donnerstimme wies er die Deutsche und den Portugiesen ins Wesen der Schweizer Wohnblockkultur ein. Eigene Waschmaschinen waren strengstens untersagt, so was von strengstens! Es gab einen Waschraum im Keller und einen Waschplan. Nur alle zwei Wochen war man dran. Das hatte zu reichen. So einfach war das. Die Maschine musste weg, was Tiago mit südländischer Auflehnung nicht einfach so hinnehmen wollte. Er transportierte das Ding zwar mit einigen Kumpels unter den Augen des Blockwarts treppenabwärts, schmuggelte es aber wieder in der tiefen Nacht rein. Stellte das Ding auf Isomatten, wickelte es in Wolldecken, tat alles zur Geräuschdämmung. Aber die Bauweise älterer Schweizer Wohnblocks ist nun mal alles andere als Schweizer Wertarbeit. Die Maschine verriet sie. Sie wanderte zwar nicht wie Kishons Modell durch die Gemeinde, aber sie war eben doch zu laut für die Pappmaché-Wände. Der Blockwart stand wieder im Raum und mit ihm die Drohung der sofortigen Kündigung. Das fruchtete: Die Maschine zog aus und Laura in den Keller. Nur alle zwei Wochen zu waschen, erschien ihr wie Wahnsinn, wo sie doch ihre weißen Kittel und Hosen öfter säubern musste. Aber genauso erging es auch einer Schweizer Familie mit drei Jungs, die kaum mehr draußen spielen durften, weil ihre Kleidung zu schnell schmutzig wurde. Die ersten drei Monate fuhr Laura heim an den schwäbischen Bodensee und wusch dort, denn auf wundersame Weise war der Schlüssel an ihrem Waschtag nie da. Irgendwann gelang es Tiago, ihn zu ergattern, und mehr und mehr lernten sie dazu: Die Türken im Haus tauschten untereinander ihre Waschtage. Die zwei Schweizer Familien auch. Ein Halbschweizer-Paar – sie Schweizerin und er Deutscher – waren genauso schlecht dran wie Laura und Tiago, sie hatten maximal eine 50:50-Chance auf Wash or Not. Die Tamilen hingegen kamen nie an den Schlüssel. Sie wuschen längst in der Badewanne, und wahrscheinlich herrschte in der Wohnung die Luftfeuchtigkeit der Tropen, nur eben kälter, wegen all der aufgehängten Wäsche.

Die Frau des Hauswarts Beat hieß Regula, sie war schon optisch die Inkarnation der bösen Hexe. Langes, grau durchsträhntes Schwarzhaar, eine Warze unter dem Auge, ein Blick, der einen sofort erfrieren ließ. Geruchlich umwehte sie stets der uralte Schweiß, obgleich sie ja vor allem die Blockwartin des Waschraums war. Sie hätte durchaus Zugang zum Waschraum gehabt, denn sie hatte den Schlüssel unter ihrer Fuchtel. Laura war von Anfang an ihr Hassobjekt gewesen, »eine blonde dütsche Gastarbeiterin«. Und Regula hatte eine subtile Art, dieses auch zu zeigen. Mal war Lauras frisch gewaschene und säuberlich aufgehängte Wäsche am Boden gelegen – von Fußtritten malträtiert. Dann verschwanden immer wieder Stücke, obwohl der fette Regula-Arsch sicher nicht in Lauras Unterwäsche passte. Später waren auch mal Schnitte in ihrer Kleidung. Laura war sich sicher, dass diese Anschläge alle auf das Konto von Regula gingen. Die zweite Deutsche im Haus, mit der Laura ab und zu plauderte, machte ähnliche Erfahrungen. Sie hatte allerdings den Vorteil, dass sie inzwischen in dem Hotel, in dem sie arbeitete, die Wäsche mitwaschen durfte. Regula machte ihrem Namen eine gewisse Ehre. Die weibliche Form des lateinischen Wortes Regulus meinte ja die kleine Königin. Und die fiese kleine Königin des Waschraums war sie ja, es gab leider oft schlechte und bösartige Regenten. Dass eine Stadtpatronin von Zürich die heilige Märtyrerin Regula war, das klang in Lauras Ohren wie Hohn. Die Heilige hatte sich der Legende zufolge nicht zwingen lassen, den römischen Heidengöttern Merkur und Jupiter zu opfern. Trotz Folter. Sie wurde dann auf einer Insel im Limmat enthauptet. Das wäre allerdings ein angemessenes Ende für diese Regula gewesen. Fand Laura, die sie in Gedanken schon erschlagen, erschossen und ertränkt hatte. Aber eben nur in Gedanken, denn immer wenn Laura Regulas leibhaftig ansichtig wurde, hatte sie Todesangst.

Jetzt also Stecknadeln. Regula hatte sicher noch so einige schöne Ideen auf der Platte. Laura raffte die Wäsche zusammen, stach sich noch mehrmals, als sie die nadelgespickte Wäsche von der Leine nahm. Sie schaffte es gerade noch bis in ihre Wohnung, wo sie heulend zusammenklappte. Wie lange sollte das noch so weitergehen? Sie konnte einfach nicht mehr. Tiago, der eigentlich schlafen wollte, er war erst um vier in der Frühe nach Hause gekommen, maulte sie an. Aber er ging nie in den Horrorkeller, er war Portugiese, stolzer Portugiese, ein Nachkomme großer Seefahrer, so einer wusch nicht! Er kochte ja schon, was wirklich genug Zugeständnis an die Emanzipation war. Laura wusste selbst, dass sie übertrieb, aber sie konnte nicht mehr aufhören zu weinen. Weil der Terror einfach nie enden würde. Laura hatte begonnen, Immobilienteile zu studieren, sie hatten sich auch schon mehrfach andere Wohnungen angesehen, und mehrfach hatte Laura das Gefühl gehabt, dass der Portugiese Tiago die Wohnung eher bekommen hätte als eine Dütsche. Laura fuhr wieder öfters heim – vor allem, um zu waschen.

Letzte Woche war die Stadtpolizei im Haus gewesen, die Tamilen hatten sich mit den Türken geklopft, ein Schweizer war dazwischengegangen, ein ausufernder Tumult aus Hass und angestauter Frustration. Es war wieder einmal um den Waschraum gegangen, in den einer der Tamilen angeblich »geseicht« hätte. Laura bezweifelte das, denn der arme Mann hatte gar keinen Zugang zum Allerheiligsten, um sich dort zu entleeren. Aber es war alles ein Huraseich hier, es war, als kumuliere aller Frust, alle Entwürdigung ihrer aller Leben in diesem Waschraum. Laura dachte manchmal daran zu kündigen, obwohl sie ihre Arbeit und die Kollegen mochte. Also redete sie sich selbst gut zu. Passt doch alles, das Geld stimmt … Aber kaum war sie im Block, umfangen von den Gerüchen, den Geräuschen, dann war es, als gäbe es keine Fluchtwege. Sie konnte nicht mehr atmen, sie saß in der Wohnung wie eine Gefangene. Tiago fand, sie übertreibe, weil Frauen ja aus allem gleich ein weltumspannendes Drama machten. Er trank sein

Feldschlösschen und befand, dass es ihr am Arsch vorbeigehen müsse, was außerhalb der Wohnung passiere. Männer!

Tiago flog dann von Kloten nach Lissabon, ein Onkel war verstorben, ein Erbonkel zudem, und Tiago stellte immerhin in Aussicht, dass man dann vielleicht eine bessere Wohnung ... Ein Silberstreif an Lauras düsterem Horizont war das. Sie huschte in der Frühe durch das Treppenhaus, sie hatte Angst alleine ohne Tiago. Das war irrational und dumm. Sie ließ sogar ihren Waschtag sausen und ging in eine teure Wäscherei. Beate, ihre liebste Kollegin, hatte ihr auch schon angeboten, doch bei ihr zu waschen. Aber Laura wollte das nicht annehmen, das war ja zu peinlich. Sie war einfach furchtbar dünnhäutig geworden.

Am Freitag stand der Betriebsausflug an, an den Rorschacherberg sollte es gehen, zum Essen ins feine Schloss Wartegg. Da hatte sich die Klinikleitung mal nicht lumpen lassen. Drei Gruppen würden dann anschließend entweder Boot fahren, wandern oder mountainbiken. Laura hatte sich fürs Biken entschieden. Das Schloss Wartegg war ein Juwel, die Küche zauberte exzellente Biogerichte, und im Garten gediehen auch ganz spezielle Gemüse, Kräuter und Beeren. Laura schlenderte ein wenig herum, als eine Stimme sie herumfahren ließ. »Sie können sich das Wartegg leisten, dass ich nicht lache!« Es war Regula, in ein Blümchenkleid gepresst, das es in ihrer Größe sicher auch nicht mehr gab. Verfolgte sie diese Frau? Regula war anscheinend mit einer Gruppe anderer gewichtiger Weiber bei einer Führung durch den Pro Spezies Rara Garten, wahrscheinlich waren das alles Blockwartinnen. Das war wahrscheinlich das internationale Blockwartinnen-Treffen ... Laura rannte förmlich davon, und das leckere Essen im Bio-Schlosshotel wollte ihr gar nicht mehr munden.

Allmählich entspannte sie sich, das mochte auch an den zwei Gläsern vom Malanser gelegen haben. Die Gespräche plätscherten dahin, der Chef unterhielt mit Geschichten aus seiner Zeit in England, als er in Kellergewölben kälter als die Eisgrotte am Jungfraujoch operiert hatte. Allmählich brach man auf, außer Laura waren plötzlich keine Mountainbiker mehr übrig, ein Kollege war krank geworden, ein anderer hatte sich die Bänder gezerrt. Laura war gar nicht unglücklich darüber, alleine mit dem Guide unterwegs zu sein. Er war wenig gesprächig, Laura genoss die Stille. Sie waren auf einigen Single Trails unterwegs, der Guide lobte immerhin Lauras Kondition; sie ging selten damit hausieren, dass sie mal Jugendmeisterin gewesen war. Und dann war der Guide eben auch nur ein Mann. Es konnte doch nicht angehen, dass ein Weib ihm an den Fersen pappte wie ein Kaugummi. Er zog das Tempo an, Laura verlor ihn kurz aus den Augen. Sie hielt an einem Wanderparkplatz inne, wo war der Typ jetzt abgebogen? Da gab es zwei Wege. Männer! Immer diese Machoallüren. Laura überlegte, ihr Blick glitt über den Kleinbus, der auf dem Parkplatz stand. Aus dem Bus wuchtete sich eine Frau. Regula. Die wirkte unruhig, sie blickte hektisch herum, die Warze glänzte in der Sonne. Der Damenbart auch. Dann bog sie in eine Pfadspur ein. Laura konnte nicht widerstehen. Sie radelte hinterher. Weit und breit war kein Mensch zu sehen. Der Pfad war abschüssig, und plötzlich hockte da etwas. Regula, das Kleid gerafft inmitten der Verrichtung. Laura erschrak dermaßen, dass sie abrupt abbremste, das Rad slidete herum. Aus Regula entwich ein tonloser Schrei, dann plumpste sie rückwärts. Danach nichts mehr. Laura legte das Rad auf den Boden. Ging zwei Schritte, und da war der Abgrund. Tief unten an der Felswand lag der Regula-Klumpen. Ein regloser Klumpen. In Lauras Kopf explodierte etwas. Dann riss sie einen Ast ab und wedelte über die Fußspuren, wischte die Spuren ihres Rades einfach weg. Sie war nicht hier gewesen. Am Bus war weiterhin Stille, aber von irgendwoher drängten Stimmen heran. Laura schoss in einen der Wege, nach einer Weile schleuderte sie den Ast ins Gebüsch. Sie traf auf einen weiteren Wanderparkplatz, wo der Guide wartete. Der sich halbherzig entschuldigte. Sie bikten hinunter ans Wasser, wo die anderen Eis aßen. Laura hörte die Stimmen wie durch Watte, ihr ganzer Kopf war ausgefüllt mit Watte. Sie glaubte sogar, dass sie an einem Gespräch teilnahm, was sie sagte, wusste sie nicht. Was, wenn Regula nicht tot war? Was, wenn sie gefunden würde und aussagen, dass sie, Laura, die doch dazu da war, den Menschen zu helfen, Regula in den Abgrund gestoßen hatte? Das war doch ein Unfall gewesen! Aber wer würde ihr glauben? Gegen Regula war sie ein kleines armes Hühnchen.

Der Bus setzte alle am Krankenhaus ab, Laura radelte nach Hause. Sie versuchte Tiago anzurufen, Mailbox. Am nächsten Morgen hörte man Regulas Organ nicht schon um sieben durchs Haus schreien. Auch nicht den Putzfeudel, den sie sonst gegen die Eingangstüren der Mieter hieb. Es war anders als an den vorangegangenen Wochenenden, wo sie alle weckte, denn schließlich musste keiner der asozialen Nutzlosen hier im Haus in den Vormittag hinein schlafen. Jedes Mal, wenn Laura Schritte hörte, zuckte sie zusammen. Das war sicher die Polizei. Am Sonntag, es regnete gottlob, verschanzte sich Laura im Bett. Bei Tiago weiter nur die Mailbox. Als sie am Montag in die Klinik kam, lag da die Zeitung im Schwesternzimmer. Der Oberarzt lachte gerade laut heraus. »Beim Seichen abgestürzt, beim Seichen. Das nenn ich Pech.« Worte flogen hin und her. Auch darüber, dass man ja beim Klinikausflug ganz in der Nähe gewesen war. Und nichts bemerkt hatte. Wahnsinn! Eine Kollegin sah Laura an. »Lies das. Das ist ja echt eine lassige G'schicht.« Ja, lässig ... Laura las. Da hatte doch der Frauenbund einen Ausflug gemacht, hatte eine botanische Wanderung unternommen, bei der Frau Regula Egli kurz zurückgeblieben war. Um auszutreten. Und dabei musste sie wohl zu dicht an den Abgrund herangetreten seinf. Zu dicht herangetreten beim Austreten. Sie hatte sich das Genick gebrochen. Ein Polizeisprecher war zitiert, dass man von einem tragischen Unfall ausgehen musste. Sie hatte ja nichts bei sich gehabt, was an einen Raub hätte denken lassen. Und wer hätte auch einer unbescholtenen Frau etwas antun wollen. Eben, wer hätte denn der guten Regula je Böses gewünscht. Einfach ein Unfall!

Im Wohnblock verbreitete sich die Nachricht wie ein Lauffeuer. Am Schwarzen Brett hing das Sterbebild. Beat Egli nahm die Kondulenzen an, er nickte stets unterwürfig, und Laura glaubte doch in seinen Augenwinkeln ein schalkhaftes Lächeln zu sehen. Ein paar Tage später klopfte es bei Laura. Es war Beat. Er hatte den Schlüssel zum Waschraum in der Hand. »Mögen Sie waschen, Fräulein Laura? Ich bring meine Wäsche jetzt immer zu meiner Schwester.« Und er lächelte, es war wirklich ein wohlwollendes Lächeln tief aus dem Herzen. Dann drückte er Laura noch einige Schachteln Pralinen in den Arm. »Ich darf nicht. Wegen dem Zucker. Aber Sie sind ja so gertenschlank, Fräulein Laura.«

Laura ging langsam ins Wohnzimmer. Sank auf die Couch. Und dann lachte sie. Wie sie seit Monaten nicht mehr gelacht hatte. Das Leben war ein Huraseich und manchmal doch gerecht!